VENTO EM SETEMBRO

TONY BELLOTTO

Vento em setembro

COMPANHIA DAS LETRAS

Copyright © 2024 Tony Bellotto

Grafia atualizada segundo o Acordo Ortográfico da Língua Portuguesa de 1990, que entrou em vigor no Brasil em 2009.

Capa
André Hellmeister

Imagem de capa
Profeta Jeremias, de Aleijadinho (Antonio Francisco Lisboa, 1738-1814). Escultura em pedra-sabão, 1800-5. Santuário do Bom Jesus de Matosinhos, Congonhas, MG. Reprodução: PhotoAisa/ Easypix Brasil

Preparação
Ciça Caropreso

Revisão
Marise Leal
Julian F. Guimarães

Os personagens e as situações desta obra são reais apenas no universo da ficção; não se referem a pessoas e fatos concretos, e não emitem opinião sobre eles.

Dados Internacionais de Catalogação na Publicação (CIP)
(Câmara Brasileira do Livro, SP, Brasil)

Bellotto, Tony
    Vento em setembro / Tony Bellotto. — 1ª ed. — São Paulo : Companhia das Letras, 2024.

    ISBN 978-85-359-3777-0

    1. Romance brasileiro I. Título.

24-198528   CDD-B869.3

Índice para catálogo sistemático:
1. Romance : Literatura brasileira   B869.3
Cibele Maria Dias — Bibliotecária — CRB-8/9427

Todos os direitos desta edição reservados à
EDITORA SCHWARCZ S.A.
Rua Bandeira Paulista, 702, cj. 32
04532-002 — São Paulo — SP
Telefone: (11) 3707-3500
www.companhiadasletras.com.br
www.blogdacompanhia.com.br
facebook.com/companhiadasletras
instagram.com/companhiadasletras
twitter.com/cialetras

Para o João

PARTE I

1.

No dia em que seu filho caçula perderia a virgindade, Máximo Leonel organizou uma orgia na maior de suas fazendas. O fazendeiro entendia o sexo como um "despertar, o ato incandescente que conduz jovens ao túnel da maturidade". Assim foi com ele havia muito tempo, quando as ruas da cidade eram cobertas pela terra vermelha que os italianos chamavam de roxa. Agora, nesta manhã de setembro em que o vento varria as nuvens do céu, Máximo sentia-se agraciado por sua prole — a oficial — se resumir a três homens. "Mulheres podem ser inconvenientes", costumava dizer. "Mas não se faz uma orgia sem elas."

Determinado a oferecer ao jovem Alexandre "um defloramento especializado", Máximo Leonel escolheu pessoalmente uma moça da La Licorne, a prestigiada boate de São Paulo frequentada por Henry Kissinger: "Laura, vinte e dois anos, longas pernas de jogadora de vôlei e perfil enigmático de deusa egípcia".

Logo após acertar com ela os detalhes do desvirginamento, cinco semanas antes daquela manhã na fazenda em que o vento chiava como uma criança asmática, Máximo dirigiu-se a Laura num arroubo de profilaxia.

"Tenho um bônus pra te propor."

Eles conversavam na sala da cafetina Selma na La Licorne, decorada à semelhança dos camarins do Moulin Rouge.

"Quanto você faz num bom mês de trabalho?"

Selma, em pé junto à janela fumando um cigarro, adiantou-se: "A Laura faz *muita* grana".

"Pago o dobro pra você trancar o baú até o dia da festa."

"Baú?", perguntou Laura.

"A boceta", esclareceu Máximo.

"A Laura não tem boceta", disse a cafetina, soltando a fumaça do cigarro. "Muito menos *baú*. Tem uma fenda que magnetiza chefes de Estado."

O fazendeiro tirou o talão de cheques do bolso da calça e o largou sobre a mesinha no centro da sala.

"Então?"

Além de magnética, Alexandre certamente "merecia deslizar por uma fenda descansada e relativamente privada", ponderava Máximo Leonel.

2.

Ao entardecer, a orgia se iniciou com uma revoada de andorinhas.

No palco montado no jardim, o conjunto Mac Rybell alternava sucessos de rádio e canções próprias interpretadas com indisfarçável melancolia por Bell, o cantor guitarrista.

Nos cômodos iluminados do casarão, mulheres seminuas deslocavam-se entre garçons de terno branco e homens sorridentes. Máximo Leonel requisitara a nata das prostitutas do Oeste paulista para a celebração. Bordéis de Assis, Piraju, Marília, Presidente Prudente e Ourinhos viveram uma corrida do ouro. A Casa da Eny, famoso prostíbulo de Bauru, enviara um ônibus com vinte destacadas profissionais. O vento agitava árvores e espalhava cheiro de estrume pelos salões em que machos próceres se confraternizavam: fazendeiros, comerciantes, médicos, advogados, dentistas, engenheiros, juízes, vereadores, delegados e padre Robson, representando a classe eclesiástica, já que o bispo, indisposto, declinara delicadamente do convite.

* * *

Jarinu, o capataz a quem Máximo se referia como um "crioulo gordo de alma branca, limpo e trabalhador", coordenava as engrenagens da putaria: copos, garrafas e tubos de lança-perfume equilibravam-se em bandejas, enquanto canapés, coxinhas, empadas, esfirras e caldo de mocotó eram produzidos em série na cozinha. Nos banheiros, encontravam-se sobre a pia preservativos, lubrificantes, vaselina e remédios para ressaca, má digestão e dor de cabeça.

Alguns jovens, entre eles César e Winston Leonel, fumavam, no jardim, baseados da melhor maconha maranhense.

"Quanta mulher", divagou César, o primogênito, com seu laconismo composto de frases secas desprovidas de artigos.

"Vou pegar aquela moreninha ali", observou Winston, soltando a fumaça da maconha.

"Mulher Maravilha?"

"Não, a do lado."

"Menor de idade", alertou César.

"Melhor."

Distribuindo sorrisos e cumprimentos, Máximo Leonel movia-se atento, para que tudo saísse como o esperado. A liturgia da celebração, segundo o ponto de vista do fazendeiro, previa que fodas e surubas se desenrolassem normalmente até o momento em que ele faria soar o sino de ferro fundido postado no pátio em frente à porta da cozinha, e todas as atividades se interromperiam. Os convivas então se reuniriam numa vigília silenciosa no salão principal, enquanto na suíte Laura executaria o rito de passagem do jovem Alex, oferecendo seu corpo como veículo para que o rapaz penetrasse o mundo adulto. Fogos, rojões e rolhas de champanha seriam ofertados ao céu, e a celebração se reiniciaria em júbilo apoteótico até o amanhecer. Ao final seriam servidos canja quente e um substancioso café da manhã.

No entanto, quem conhecesse Máximo Leonel observaria seus sorrisos sutilmente tensionados por uma rigidez nos maxilares. Embora a festa fluísse bem, a parte mais importante da engrenagem, Alexandre, era motivo de preocupação para o pai. Máximo confiava que a orgia apararia arestas e conduziria Alex ao bom caminho do macho mundano e predador, mas a dúvida nublava sua visão.

Alexandre exalava inocência.

Aos quinze anos, o cabelo revolto como um tufo de algas, quase não falava. A cumprimentos, saudações e tapinhas nas costas, respondia com sorrisos mudos e meneios de cabeça.

Máximo pegou Alex pelo braço quando o menino se distraía junto a um grupo que contemplava duas moças num épico 69 sobre o tapete.

"Vem comigo", sussurrou.

Máximo conduziu o filho pelo corredor que levava aos quartos do andar térreo. Os dois se aproximaram de Jarinu — que com o corpo volumoso criava uma barreira natural em frente a uma porta —, pararam diante dele e, pela fresta da porta entreaberta da suíte que o capataz guardava, viram Laura deitada na cama, penhoar transparente, taça de champanha na mão, iluminada pela luz difusa de um abajur. Ela olhava fixamente para uma TV ligada. De onde estavam não conseguiam ver o que passava na tela.

"Calma", disse o pai, dando um tapinha carinhoso na nuca do menino. "Ainda não chegou a hora."

O fazendeiro entregou uma caixinha de veludo para Alexandre.

"Abre."

Dentro da caixinha, como uma joia, repousava um preservativo em cuja cúpula de látex se estampava um A dourado.

Sorriram um para o outro, o menino guardou a caixinha no bolso e Máximo o levou de volta ao salão principal, onde as pessoas agora gritavam, dançavam, fodiam.

Menos de duas horas depois, com todos embriagados e relativamente fora de controle, o sino soou. Ao se aproximarem do pátio, os convidados estranharam o rosto pálido e a expressão rígida de Máximo Leonel, como se uma tragédia houvesse se consumado enquanto ele puxava mecanicamente a corda e fazia o sino soar como um alarme.

"Alexandre! Alexandre!", urrava, sobrepondo a voz às badaladas. Jarinu direcionava o foco da lanterna para as copas das árvores, empregados e funcionários reviravam móveis, olhavam atrás de arbustos, corriam desorientados pelo pátio.

3.

"Cassandra! Cassandra!", bradavam em uníssono.

Em 1954 o time de Assis disputou a final do campeonato regional de bola ao cesto feminino com o time de Presidente Venceslau. As torcidas gritavam nas arquibancadas do Ginásio Municipal de Presidente Epitácio, enquanto o time de Assis suplantava as adversárias nos últimos segundos com uma cesta de Cassandra Spazzini. Dava para sentir uma vertigem no ar, uma sensação de esfacelamento, como se alguma coisa se dissolvesse na atmosfera do ginásio iluminado.

No vestiário que rescendia a urina e água sanitária, moças de rosto vermelho entravam e saíam das duchas geladas entoando gritos de guerra. Cassandra já tinha se despido e se preparava para entrar no banho, quando Maria de Fátima, armadora do time, chamou-a num dos compartimentos sanitários e borrifou lança--perfume em sua camiseta suada. Cassandra conhecia lança-perfume dos bailes de Carnaval, mas num vestiário esportivo era a primeira vez que fazia aquilo.

* * *

Agora, numa noite de setembro de 1974 em que o vento soprava como uma sirene, ela tentava combater com scotch a insônia e os maus pressentimentos. Lembrava nitidamente da sensação de aspirar o perfume na camiseta suada de Maria de Fátima vinte anos antes. E do que aconteceu em seguida, como num sonho erótico: Fátima despindo camiseta, bermuda e calcinha, os pelos negros e lisos chamando a atenção de Cassandra, a visão dos seios redondos de bicos rosados causando palpitações, as duas entrando juntas no boxe do chuveiro, a água fria, os corpos se tocando arrepiados e elas se beijando, rindo como se tragadas por um redemoinho muito distante daquele vestiário.

Cassandra deu mais um gole no scotch e percebeu que estava ficando excitada com as lembranças. Olhou o relógio. Não era uma boa hora para pensar em sexo. Ou era exatamente a hora de pensar em sexo sob outro prisma, o do horror. Acendeu um cigarro, ouviu os ruídos da madrugada: um trovão ao longe soou como uma ressalva.

Cassandra sentia pavor de noites como aquela, as noites das iniciações sexuais dos filhos. Ela deitada na mansão na cidade, enquanto marido e filhos se entretinham com prostitutas na fazenda a poucos quilômetros dali.

Que humilhação.

Por que tanta subserviência e resignação? Havia um movimento pela libertação das mulheres, Cassandra ouvia falar dele fazia tempo, via nos jornais fotos de ativistas brandindo sutiãs em chamas, moças que não se preocupavam em se casar virgens e que tinham vida sexual livre e autônoma como a dos homens. Por que aquilo não parecia uma opção para ela? Por que o Woman's Lib soava tão exótico?

Em 1955 Cassandra Spazzini participou do concurso de miss Assis no Clube Recreativo. Ela não ganhou — não ficou nem entre as cinco finalistas —, mas naquele dia atraiu a atenção do partido mais cobiçado da cidade.

Dois meses depois, Máximo e Cassandra estavam casados.

E ela teve de passar pelo lento aprendizado de entender calmamente, passo a passo, o papel da esposa de um fazendeiro poderoso e determinado. Não precisou mais estudar nem se preocupar em trabalhar ou jogar basquete. Havia muitas compensações: compras nas butiques de São Paulo, feriado no Guarujá, Carnaval no Rio de Janeiro, esqui em Bariloche, férias na Disneylândia e até mesmo um mordomo contratado em Campinas, o Cirilo.

E drinques, jantares, inaugurações, piqueniques, comemorações, churrascos, eventos, recepções, festas e as demais obrigações ancestrais da mulher de um César. E também as infidelidades de Máximo, as desculpas alegando viagens de negócios, confraternizações do Rotary, obrigações da maçonaria, olhares estranhos das amigas, dissimulação, assuntos que não podiam ser abordados, perguntas que não deviam ser feitas, desconfianças e paranoias. Ah, ela poderia escrever um manual.

Jane Fonda vivia muito longe dali.

Serviu-se de mais scotch e constatou que o gelo tinha derretido. Acendeu outro cigarro, restavam dois no maço dourado de Charm.

César e Winston já estavam perdidos, cooptados por Máximo. Ela os amava, mas eles já não lhe pertenciam. Eram herdeiros do poder, da fortuna e da arrogância de Máximo Leonel.

E aqueles nomes ridículos.

César ainda passava, mas Winston? Nome cafona, marca de cigarro!

Máximo o escolhera por ser o primeiro nome de Churchill, mas as pessoas não pensavam no primeiro-ministro britânico quando ouviam Winston. Pensavam no cigarro.

Alexandre, o Grande. Pobre Alex.

Com o tempo Máximo foi percebendo que Alex não era exatamente o modelo de guerreiro obstinado construtor de impérios.

Alexandre era um menino indefeso.

Cassandra tinha consciência de que Máximo se incomodava com a possibilidade do caçula, nas palavras do marido, apresentar "tendências homossexuais", mas ela sabia que a fragilidade de Alex não tinha nada a ver com orientação sexual. Alex era sensível, e isso era algo que Máximo Leonel não compreendia. O menino gostava de cachorros vira-latas e tinha compaixão por andarilhos que vagavam pelo acostamento da rodovia Raposo Tavares.

Máximo ignorava vira-latas.

Máximo Leonel, o barão da soja, sempre escolhia o nome dos filhos homens.

"Se um dia nascer uma menina", dizia para Cassandra, "você escolhe o nome."

Nunca nasceu.

Cassandra Leonel adormeceu sem notar os raios de luz que já entravam pela janela. Quando o Ericofon vermelho tocou, ela acordou desnorteada e olhou por alguns momentos para o telefone sueco de peça única sem saber o que estava acontecendo.

Ao atender, Winston perguntou se Alexandre tinha voltado para casa. Cassandra levantou num salto, vestiu o penhoar, procurou inutilmente o filho pelos cômodos com a ajuda das empregadas e do mordomo e, ainda com o Ericofon na mão — embora não tivesse mais consciência disso —, compreendeu finalmente que o caçula tinha desaparecido da festa de celebração de seu desvirginamento.

4.

Deus está morto.
Tudo começou com a inscrição pichada na parede de uma igreja em Ouro Preto enquanto eu almoçava na companhia do meu iPhone e de um canal de notícias na TV.
A visão surtiu efeitos ambíguos no meu íntimo.
Antes, deixe que eu me apresente. Meu nome é Davi, Davi Zimmerman, sou o narrador desta história. Seu condutor, por assim dizer, neste labirinto. Naquele dia em que eu almoçava no meu apê no bairro de Higienópolis, na cidade de São Paulo, e vi imagens da pichação na igreja em Ouro Preto na televisão, eu não conhecia a família Leonel nem estava interessado nas relações familiares e sociais de fazendeiros de soja do Oeste do interior paulista da década de 1970. Assis, para mim, era a cidade italiana onde são Franscisco nasceu no século XII.

Deus está morto.
A frase, grafada com spray, fora desenhada com certo capri-

cho — e gosto duvidoso — em letras góticas negras na parede branca da igreja de São Francisco de Assis, na cidade histórica mineira. Considerei uma atitude de mau gosto, depredação do patrimônio histórico, confirmação do descaso com a cultura e o típico vazio ético que testemunhamos não é de hoje no Brasil. Residiam em minhas convicções as ambiguidades reveladas nas imagens da televisão. Se por um lado eu considerava aquela pichação a expressão do retrocesso que deprime o país, por outro não podia negar que havia algo de revigorante naquelas palavras. Ao grafar a frase de Nietzsche na igreja, o pichador atacava não só o patrimônio histórico, mas a religiosidade que muitos difundem como um padrão inflexível a ser seguido. Por esse ângulo, até o estilo gótico das letras poderia ser interpretado como uma ironia.

Mas havia outro fato a me gerar sentimentos ambíguos na pichação: o Aleijadinho.

Se eu considerava a frase de Nietzsche oportuna, a conspurcação de uma obra de Antônio Francisco Lisboa me doía como uma pedrada. O projeto da fachada e a decoração em relevos e talha dourada da igreja São Francisco de Assis em Ouro Preto são de autoria de Aleijadinho. Seis meses antes eu havia publicado um livro sobre esse fascinante e misterioso escultor e arquiteto brasileiro do século XVIII, filho de um entalhador português e de uma africana escravizada, o El Greco mulato, como o definiu Gilberto Freyre, para quem as audaciosas distorções da forma humana nas obras do mineiro remetiam às figuras do pintor grego que se notabilizou na Espanha no século XVI. Por inspiração de El Greco, aliás, intitulei meu livro sobre Aleijadinho de *A abertura do Quinto Selo*, nome de uma das mais famosas pinturas do artista grego.

* * *

Não sou especialmente interessado em estatuária, pintura e artes plásticas, apesar de meu pai ter sido um marchand de sucesso. Nem nutro apreço por arte barroca, pelo contrário. Na adolescência assinava artigos sobre rock alternativo em fanzines sob o pseudônimo de D.D. Dylan, numa dupla homenagem a meus ídolos Dee Dee Ramone e Bob Dylan. Formado em jornalismo, sempre sonhei em ser um escritor de ficção (desejei também ser um cantor de rock, mas o desejo sucumbiu à minha incompetência musical revelada ainda na pré-adolescência), e nos anos de redação em jornais, revistas e blogs me fiei na frase de Ernest Hemingway que assegurava que o jornalismo é uma profissão que nunca atrapalhou um escritor desde que ele a abandonasse a tempo.

Bem, eu estava tentando abandoná-la.

Depois que meu pai morreu e a herança me garantiu uma vida confortável, passei a encarar seriamente a ideia de me tornar um escritor profissional. O projeto sobre Aleijadinho foi meu primeiro passo nessa direção. Demiti-me de alguns veículos com os quais tinha contratos de trabalho mais extensos e me concentrei apenas em alguns frilas, para não perder a mão. No tempo livre criei uma biografia do escultor do barroco mineiro com enormes concessões à ficção e muitas camadas de suposições e delírios. Depois de uma série de recusas, uma editora alternativa se dispôs a publicar *A abertura do Quinto Selo*, que não vendeu nada, mas recebeu algumas críticas razoavelmente positivas na imprensa.

Eu poderia me estender em curiosidades e memórias suscitadas pela notícia da vandalização da igreja em Ouro Preto, mas o que realmente me deixou melancólico pelo resto da tarde foi me lembrar da Ayana.

Ayana.

Tivemos uma história de amor e seu auge ocorreu nas semanas em que viajamos por Minas Gerais pesquisando (ela fotografando, eu anotando) as obras de Aleijadinho e as localidades por onde ele provavelmente passou e viveu. Essa viagem foi fundamental para a construção de A *abertura do Quinto Selo*.

Numa noite fria de neblina em Ouro Preto, depois de uma garrafa de vinho e um baseado, Ayana e eu imaginamos o pequeno Antônio Francisco (que ainda não era o Aleijadinho, apenas uma criança comum e curiosa) de mãos dadas com sua mãe Isabel, observando fascinado a passagem dos mascarados pelas ruas enevoadas daquele maio de 1738, ao som de flautas, flautins e tambores, à luz de tochas e lampiões, abrindo o cortejo do Triunfo Eucarístico que se prolongou por seis dias de procissões, luminárias, festas, música, dança...

5.

Quando o sumiço de Alexandre foi constatado e as primeiras buscas pelo casarão, cômodos e arredores da fazenda se mostraram infrutíferas, assim como os telefonemas a familiares e conhecidos, houve uma grande dispersão. A orgia derreteu sob os raios do sol nascente e todos debandaram feito exército em retirada. Capatazes e funcionários esquadrinhavam cada centímetro da fazenda e arredores. Jarinu se encarregou de pagar garçons e prostitutas e de despachá-los rapidamente. Uma sensação de impotência e ansiedade se impôs. A mesa posta com o café da manhã permanecia intocada, um delegado de polícia se abalou de volta à cidade para reunir uma equipe de busca e padre Robson organizou uma oração, implorando ao Senhor que perdoasse as fraquezas humanas e reconduzisse o inocente Alexandre ao seio morno da família. Os músicos do Mac Rybell já tinham ido embora, técnicos desmontavam o palco e recolhiam instrumentos e equipamento de som, o caminhão dos bombeiros estava a caminho e Máximo Leonel permaneceu à mesa do escritório rodeado de amigos e colaboradores, dando telefonemas, olhando o relógio, bebendo café, vigiando a janela. Observando da ponte de comando seu navio naufragar lentamente.

Laura, na suíte que deveria ter sido palco da apoteose da celebração, dormia afogada em lençóis. Agora já completava um mês de castidade e ela começava a sentir o que sentem princesas presas em torres de marfim.

César e Winston saíram pelos arredores da fazenda em busca do irmão caçula. Eles conheciam lugares que ninguém conhecia, recantos secretos da infância deles.
Passaram pelos estábulos e depois se encaminharam para o açude em que Alexandre gostava de nadar.
"E se ele estiver morto, afogado?", perguntou Winston enquanto observavam as águas barrentas.
"Não", respondeu César. "Alexandre nada bem."
Decidiram verificar o pomar das mangueiras.
César sentiu uma vertigem ao caminhar. A presença da morte começava a assombrá-lo.
"O Alex deve estar trepado numa mangueira, lendo um gibi do Pato Donald e chupando manga", disse Winston, tentando acalmar o irmão mais velho. "Ou cagando atrás de uma moita. Eu sabia que ele ia afinar. O Alex não quer deixar de ser criança."
"Não", disse César. "Não está na mangueira. Não está cagando e não afinou. E também não liga de deixar de ser criança."
"Onde ele está então? O que deu nele?"
"Medo."
"Do quê? Da gostosa deitada na cama?"
"Medo da morte."
"Tomanocu, César. Para de pensar no Donizetti."

* * *

Donizetti.

Esse era o fantasma que assombrava César Leonel e o deixava lacônico e temeroso no uso das palavras. Quatro sílabas cuja menção turvava a visão do primogênito: Do-ni-ze-tti.

Estranho nome para um fantasma.

6.

Dois anos antes César e Donizetti saíram do colégio e foram almoçar na casa de Donizetti. Eles faziam sempre isso, gostavam de dublar canções do Led Zeppelin — César era Robert Plant e Donizetti, Jimmy Page, dedilhando uma guitarra imaginária de dois braços.

Depois do almoço Donizetti chamou César para irem ao quarto dos pais dele, que não estavam em casa. Subiu numa cadeira, abriu a parte superior do armário e tirou lá de dentro uma grande caixa retangular de papelão.

César observava pela janela uma mangueira no quintal. Imaginou que à noite, deitados na cama, os pais de Donizetti ficavam olhando aquela mangueira. Havia um crucifixo na parede acima da cama do casal.

Donizetti pôs a caixa na cama.

"Gibson de dois braços?", perguntou César.

Donizetti riu enquanto abria a caixa em que repousava um rifle Slug de doze milímetros.

"Meu pai comprou pra caçar catetos no Pantanal."

Rifles, como guitarras ou skates, eram objetos naturalmente atrativos para César e Donizetti.

Donizetti empunhou a arma, mirou um pardal pousado num galho da mangueira no quintal.

"Está carregada?", perguntou César.

"Claro que não. Olha a munição ali."

Uma embalagem de balas Ruger, lacrada, permanecia na caixa.

"Meu pai não é louco de guardar uma arma carregada em casa."

"Vamos voltar pro teu quarto", disse César.

"Não quer tentar?"

Donizetti ofereceu a arma para César.

"Não."

"Pega aí!"

"Não."

"Tem medo?"

César empunhou o rifle, mirou a mangueira. O pardal já tinha voado dali. Mirou uma manga. Ainda estava verde. Direcionou a mira para o rosto de Donizetti.

"Freeze!", disse, imitando Al Pacino em *Serpico*.

O rifle disparou.

7.

Alex não estava nas mangueiras.
"Você pensou no que eu pensei?", perguntou César.
"O bambuzal", concordou Winston.

Fazia tempo que não iam ao bambuzal, um palco proibido, esconderijo de pactos e segredos. No chão da clareira protegida por troncos de bambu, abriam-se revistas com fotos de mulheres nuas para sessões de masturbação coletiva.

Ali também se desenrolou algumas vezes um ritual mais intenso.

Embora participasse apenas como testemunha, Alexandre se impressionava quando César e Winston sodomizavam galinhas no bambuzal.

César e Winston se revezavam no ato. Um segurava a galinha enquanto o outro a penetrava até ejacular. Os dois riam depois de terminada a sessão, enquanto a galinha corria assustada. Alexandre não conseguia rir daquilo. Pelo contrário, sentia angústia e uma espécie de desamparo ao assistir à cena.

"Vocês não têm medo de engravidar a galinha?", ele perguntou uma vez.

A maneira como os irmãos (e o pai) encaravam o sexo sempre intrigou Alexandre. E César e Winston sabiam disso. Quando relataram ao caçula as iniciações sexuais deles promovidas pelo pai, Alex não pareceu se divertir. Ele sabia que chegaria a sua hora. Era algo pelo qual teria que passar, como a primeira comunhão ou o exame de admissão para o ginásio.

Alex não estava no bambuzal.

César e Winston voltaram à sede da fazenda.

A expectativa de que o caçula pudesse ter aparecido enquanto procuravam por ele se desfez logo que chegaram. Viram o Galaxie branco da mãe estacionado no jardim, o caminhão do corpo de bombeiros e uma viatura da polícia parados ao lado. Cães farejadores da polícia latiam amarrados ao tronco de um flamboyant. A porta do escritório de Máximo permanecia fechada. Jarinu e alguns amigos e empregados do fazendeiro aguardavam do lado de fora, na varanda, junto ao chefe dos bombeiros e a dois policiais. De onde estavam, César e Winston ouviam a voz de Cassandra no escritório.

"Você é um monstro, Máximo. Isso é um castigo de Deus."

"Calma. Ele deve ter ficado nervoso, deve estar escondido no mato. César e Winston vão encontrar o moleque, tenho certeza."

"Escondido no mato? Humilhado, assustado, coitadinho."

"Uma boa conversa vai resolver tudo."

"E se ele foi sequestrado? Cheio de gente estranha na fazenda. Seu monstro!"

"Calma, Cassandra."

"Organizar orgias para desvirginar os filhos, que absurdo! Vou te denunciar."

"Denunciar pra quem, Cassandra? Não seja ridícula. Cheio de gente aí fora, polícia, bombeiros, jornalistas, autoridades…"

"E se ele estiver morto?"

A palavra detonou os circuitos traumatizados de César. Ele começou a chorar, os cães farejadores latiram.

It's been a long time since I rock and roll, cantou Winston, tentando acalmar o irmão. *It's been a long time since I did the stroll…*

Eles se abraçaram. Máximo abriu a porta, Cassandra também chorava. O sol incidia sobre todos. Laura apareceu na varanda com os olhos borrados de maquiagem, carregando uma frasqueira, pronta para ir embora.

"Nada?", Máximo perguntou aos filhos.

Eles não precisaram responder. Máximo tentou abraçar Cassandra, mas ela o afastou com um safanão e acendeu um cigarro.

Um apito distante avisava que era meio-dia.

PARTE II

1.

Ela abriu o olho: Laércio, bandeja, torrada, banana, café, leite, manteiga. Sempre que olhava o irmão gêmeo tinha a impressão de ver a si mesma. Espreguiçou: "Café na cama! Eu mereço".

O som dos carros emanava lá de baixo, no coração do trânsito de São Paulo no fim de tarde. Não se vive na esquina da rua Augusta com a avenida Paulista impunemente.

"Não dormi nada", ela disse. "Estou virada."

"E a suruba?", perguntou Laércio.

"Tragédia."

Ele sentou na cama: "A orgia romana virou tragédia grega?".

Laura deu uma mordida na torrada: "Tragédia caipira. Povo porra-louca. O menino sumiu".

"Como assim?"

"Desapareceu no meio da festa. Plim, sumiu! Ninguém viu como nem por quê."

"Descabaçado?"

"Nada. Deu tudo errado, sumiu antes da hora."

"Levanta!", ele disse. "Já são quase sete e a noite vai ser longa."

"Jura? Tô morta."

"Nem vem, mana. Hoje vai ser doideira. Show da Rita e depois um embalo pra comemorar a chegada do meu *fiancé*."

"Ele chegou?"

Laércio concordou com um sorriso.

"Finalmente vou conhecer meu cunhado", disse Laura. "Cunhado italiano, chiquérrimo!"

"Conde italiano", corrigiu Laércio. "Stephano Della Rovere."

"Isso faz de você uma condessa?", perguntou Laura.

"Um condesso, vai. Não faço o gênero donzela."

"Vou tomar um banho pra ver se me animo."

"Tá com a cara cansadinha mesmo."

"Não dormi à noite. Não tenho essa tua vida mansa de maneco, sempre de carinha fresca, como quem acaba de sair da sauna. Cheguei agora há pouco do rebu, estou morta."

"O fazendeiro não te tratou bem?"

"Me tratou muito bem até a barra pesar. Depois a confa foi geral. Como o menino não apareceu, hoje de manhã me mandaram de volta correndo, todo mundo lá batendo cabeça, de rebordosa, polícia e bombeiros chegando pra procurar o moleque, as putas saindo de fininho... Papo sério. Tinha até um padre rezando! E cachorros da polícia. Um desbunde."

"Ninguém te comeu?"

"Nada. Nenhuma piroca detectada no meu radar."

Ela entrou no chuveiro, Laércio continuou falando do lado de fora do boxe: "Espero que tenham te pagado".

"Claro! O fazendeiro me deu um bônus pra eu esquecer do babado. Mais um. Bônus pra manter a castidade, bônus pra esquecer o vexame, bônus pra isso, bônus praquilo... Foi bônus que não acabava mais. Estou invicta, porém bonificada até o talo. O cara é barra-limpa, jatinho na ida e na volta. Quando cheguei lá, tinha uma comitiva de políticos me esperando no aeroporto. Maior frege."

"Cash?"

"*Oui, monsieur!*"

"E o menino então desapareceu... É o caçula, né?"

"O queridinho da mamãe. Agora já deve ter aparecido." Ela fez uma pausa enquanto se ensaboava. "A mulher do seu Máximo chegou na fazenda fechando o tempo, um horror."

"*Seu Máximo?* Quanta subserviência!"

"Não enche."

"E o menino? Foi medo de boceta?"

"Me passa a toalha!"

Laércio entregou a toalha para a irmã.

"Sei lá!", ela disse. "Aquele povo é esquisito. A esposa falou em sequestro, morte, o escambau. E me fuzilou com os olhos! Some, deixa eu me trocar em paz. Tá fazendo muita pergunta. Vai me preparar um drinque."

Laura, enrolada na toalha, voltou para o quarto e olhou pela janela a rua Augusta lá embaixo, com os carros parados no trânsito.

"Não foi medo de boceta", ela disse. "O problema ali é outro."

Laércio já tinha saído pelo corredor, em direção à cozinha e não ouviu a irmã.

"Tem cigarro?", Laura gritou, o olhar perdido nas nuvens escuras que a luz da noite paulistana tentava clarear.

2.

Teatro lotado.
Gente em pé e sentada, amontoada no chão, nos cantos e degraus. Névoa perfumada englobava cabelos volumosos de muitas cores e formas. Músicas de bandas inglesas e americanas soavam em alto volume, esquentando a plateia, que já parecia suficientemente aquecida.
"*Vicious!*", gritava Lou Reed. "*You hit me with a flower...*"
A música parou, as luzes se apagaram. Dava para sentir a ansiedade na escuridão. Gritos, assobios, isqueiros acesos: "Rita! Rita! Rita!".
Rita Lee, com figurino e maquiagem idênticos aos de David Bowie da fase Ziggy Stardust, entrou no palco, o teatro tremeu.
Não sei se eu estou pirando ou se as coisas estão melhorando...
As pessoas se levantaram das poltronas, começaram a dançar.
Não sei se eu vou ter algum dinheiro ou se eu só vou cantar no chuveiro...
Os cabeludos olhavam para Laura, queriam dançar com ela ou manter algum contato visual na esperança de ser correspon-

didos. Ela jogou os braços para cima e rodopiou sorrindo, ciente de que não corresponderia ao olhar de nenhum deles, e isso os deixou mais instigados. Laura sabia exercer seu magnetismo como quem cumpre uma vocação.

Mamãe ma-mamãe natureza
Mamãe ma-mamãe natureza
Mamãe ma-mamãe natureza...

"Abre a boca", disse Laércio e colocou uma pedrinha de LSD na língua da irmã.

Mamãe ma-mamãe natureza
Mamãe ma-mamãe natureza
Mamãe ma-mamãe natureza...

As coisas começaram a ficar mais intensas: cores, sons, movimentos. Até mesmo aqueles cabeludos se tornaram interessantes e divertidos.

Engraçados até.

Hilariantes...

Lindo! E eu me sinto enfeitiçada, correndo perigo...

Rita Lee cantava "Menino bonito" e Laura olhava para a cantora como se estivesse hipnotizada. Laércio era o menino mais bonito que Laura conhecia. Será que a Rita Lee fez essa música pra ele?

Laércio puxou a irmã pelo braço: "Sujou!".

Um grupo da Polícia Militar irrompera no teatro atrás de drogas. Luzes acesas, tumulto e gritaria, os músicos pararam de tocar. Policiais armados ordenaram que todos botassem as mãos na nuca e saíssem em fila até a calçada para ser revistados. Drogas de todos os tipos foram despejadas dissimuladamente nos vãos entre as fileiras das poltronas. Ninguém estranhou, esse tipo de coisa acontecia com frequência. Laércio conduziu Laura pelo campo de batalha lisérgico, esgueirando-se entre as pessoas, escapando dos policiais, pisoteando baseados no tapete vermelho até chegar aos bastidores. Lá, junto de alguns músicos e técnicos do Tutti Frutti, encontraram uma saída no fundo do corredor em que ficavam os camarins. Rita Lee tinha acabado de escapar, entrando rapidamente numa limusine negra, calçando bota branca de salto gigante que não conseguiu diminuir a agilidade e lepidez da estrela do rock.

Laura e Laércio saíram andando pela avenida Rui Barbosa, deixando para trás a confusão em que cabeludos de mãos na cabeça eram orientados pelos policiais a entrar em camburões de sirenes ligadas.

"E agora vamos pra onde?", perguntou Laura.

"Pro Pacaembu."

Ela riu: "Fazer o quê no Pacaembu?".

"Honey, você tem de conhecer meu *fiancé...*"

Caminharam pelo Bixiga, subiram a rua da Consolação, entraram na Maria Antônia, depois na Angélica, chegaram ao Pacaembu. Numa ruela escura pararam sob uma figueira e se beijaram na boca. Laura sentiu as mãos de Laércio movendo-se sob a minissaia que ela vestia, os dedos deslocando a calcinha enquanto suas línguas se comprimiam. Ela abriu o zíper do jeans dele e sentiu a ereção do irmão gêmeo, que não usava cueca. Ficaram um tempo naquela sacanagem e ela disse: "Pirou? Vai me comer, bicha-louca?". Eles riram e continuaram andando. Quando estavam muito loucos, faziam coisas assim, só de curtição.

3.

Davi.
De vez em quando me pergunto por que meu pai me deu esse nome. Descendente de judeus, ele foi circuncidado ao nascer e cresceu sob as normas do judaísmo. Mas muito jovem se desiludiu com a religião e se tornou um agnóstico razoavelmente convicto (até onde é possível ir a convicção de um agnóstico), embora tivesse respeitado crenças familiares e frequentado festas e rituais da comunidade até o fim da vida. Hoje em dia jaz no cemitério israelita do Butantã.

Meu pai foi um homem sensato e cordial.
Embora solitário a maior parte do tempo, quando experimentou um grande amor, já em idade madura, decidiu ter um filho. De outro modo eu não teria nascido, pois o velho nunca achou que procriar e formar uma família fosse um dever moral. Mas em algum momento da década de 1970 o solteirão decidiu fazer um curso de arte bizantina em Atenas, e tudo

mudou. Ele conheceu Kynthia, uma estudante grega, e comecei a existir. Eles se apaixonaram e decidiram viver juntos. Kynthia veio para o Brasil e os dois moraram um tempo aqui neste apê em São Paulo, onde nasci e vivo até hoje. Mas quando eu era bebê, numa viagem que fizemos à Grécia para visitar a família, Kynthia morreu num acidente automobilístico numa estrada na ilha de Creta. Nesse dia ela levava meu avô, Chui, a um hospital em Iráklio para exames de rotina. Meu pai ficou comigo, uma criança de colo, fazendo companhia à minha avó, Thais, na casa em que ela e Chui viviam em Agia Pelagia. Kynthia perdeu o controle do carro, que capotou em uma ribanceira de oliveiras onde ovelhas pastavam. Ela morreu na hora, Chui sobreviveu sem um arranhão. A mim coube entender os desígnios dos deuses.

Voltamos à Grécia algumas vezes, meu pai e eu, para visitar o túmulo de Kynthia e rever meus avós. Foram viagens estranhas, eu não conseguia me envolver emocionalmente com aquelas pessoas. Para piorar as coisas, não entendia nada do que diziam, meus avós não falavam inglês, só grego. Os diálogos tinham de ser traduzidos pelo meu pai, que também não era nenhuma sumidade em grego. Eu achava as conversas desagradáveis e assustadoras. Chui era um velho melancólico que olhava para mim com uma expressão inescrutável e que em seus raros sorrisos deixava entrever um dente frontal de ouro. Nunca soube exatamente o que ele sentia ao me ver. E eu tinha muita aflição quando Thais começava a chorar e apertava minha cabeça contra o peito, berrando palavras ininteligíveis.

Com o tempo a imagem de Kynthia foi se dissolvendo, assim como as de Chui e Thais, que morreram há muitos anos.

Repare que me refiro a ela como Kynthia e não como mãe.

* * *

Eu preferia ter um nome grego, como Demétrio ou Dionísio. Intriga-me que meu pai, desiludido das religiões e convenções judaicas, tenha nomeado seu único filho com o nome do rei de Israel. Uma vez, conversando sobre isso, ele me explicou que quis homenagear um homem que, como ele, teve sua vida transformada pelo amor.

"Tire toda a religiosidade da história de Davi", ele disse nessa conversa. "O que sobra? A história de um homem que se apaixona por uma mulher casada ao vê-la nua, tomando banho. É uma paixão obviamente inflamada pelo desejo incontrolável de fazer amor com aquela mulher. É a narrativa de um desejo carnal profundo. Quer coisa menos religiosa que isso? Todas as religiões combatem o desejo carnal. Essa é a beleza da história de Davi."

"A beleza da história de Davi é que ele se arrepende de ter cedido às tentações carnais e pede perdão a Deus, mostrando arrependimento sincero e comprovando a pureza do seu coração."

"Não sabia de seus pendores religiosos."

"Eu não tenho pendores religiosos, pai! Mas o que redime Davi é o arrependimento e a culpa, não o tesão descontrolado pela Betsabá."

"Isso é balela religiosa. Davi engravidou Betsabá e enviou o cornudo Urias, marido dela, para a morte no campo de batalha. Me espanta que todos esses pecados sejam perdoados pelo simples arrependimento. Se bastasse arrependimento para redimir pecados, não haveria mais pecadores no mundo, as religiões estariam falidas e o inferno, às moscas."

"O filho de Davi e Betsabá morreu com sete dias. Foi um castigo e tanto."

"Acho pouco, Davi é superestimado pela religião. Aliás, um

dos motivos que me faz desconfiar da existência de Deus é o fato de crianças morrerem."

"Davi se consagrou por ter matado Golias, não por ter comido a Betsabá", eu disse.

"Matar um gigante provavelmente obeso e de movimentos lentos não me parece um feito tão espetacular para um guerreiro extraordinário como Davi."

"Porra, por que você me deu esse nome então?"

"Porque Davi se apaixonou de verdade. Isso sim é raro."

"Você se apaixonou pela Kynthia e sua vida se transformou."

"Isso. E você nasceu."

"E depois ela morreu. Você estava merecendo alguma punição divina?"

"Você sabe que eu não creio em punição divina, filho. E quem morreu foi ela, não eu."

"Lembra de quando você me levou pra ver a estátua do Davi em Florença? Fiquei orgulhoso de eu me chamar Davi. Me achei parecido com ele."

"Que bom. Fico feliz que você entenda os motivos que me levaram a te dar esse nome. Mas eu achei o pau dele pequeno", disse meu pai.

4.

No alto do Conjunto Nacional, brilhava um relógio com o logotipo da Ford, visível em muitos bairros da cidade. Laura nunca soube a que horas exatamente Máximo Leonel chegou ao apartamento. Faltava pouco para nascer o dia e ela adormecera no sofá da sala vestida com a roupa com que fora ao show da Rita Lee e à recepção na mansão dos Rovere, para conhecer o cunhado. Quando ouviu as batidas na porta, despertou desorientada, ainda sob os efeitos da ressaca do ácido e da agitação da orgia fracassada. Máximo gritava do lado de fora do apartamento: "Laura! Laura!".

Ela abriu a porta: "Calma, seu Máximo. Fala baixo, vai acordar os vizinhos".

"Me chama de Máximo", ele disse, e só então ela reparou no rosto abatido e nos olhos marejados daquele homem que sempre parecera forte e inabalável. Ele a abraçou e começou a chorar.

"Aconteceu alguma coisa? Encontraram o Alex?", ela perguntou, desconfortável naquele abraço.

Horas antes, num telefonema, Laura não entendera direito o que Máximo dizia nem por que estava ligando para ela desesperado de madrugada. Ele balbuciava palavras sem nexo e repetia "Preciso te ver, Laura. Preciso te ver".

Como assim?

Estaria bêbado?

Laura mal conhecia o homem.

Até o dia em que a contratou para desvirginar o filho caçula na orgia celebrativa, Laura só conhecia Máximo Leonel de vista. Lembrava de ter visto o fazendeiro algumas vezes na La Licorne, acompanhado de amigos em farras e bebedeiras. Mais um cliente da boate, como tantos outros. Nunca teve relações com ele, de nenhuma espécie. Durante as tratativas do desvirginamento, Máximo comportou-se de maneira sóbria e distanciada, encarando tudo com frieza profissional. Laura conhecia sua reputação de homem rico e poderoso, e a alcunha de barão lhe garantia certa imponência, ainda que sua majestade estivesse atrelada a algo tão insosso e sem glamour como a soja.

No entanto ela não podia negar que notava a virilidade e o charme rude daquele homem truculento e informal.

E muito rico.

Dinheiro era sempre um parâmetro determinante para Laura.

"Aconteceu alguma coisa? Encontraram seu filho?", Laura perguntou novamente.

"Não", disse Máximo, interrompendo o choro. "Nada", e desvencilhou-a do abraço.

"Nenhuma notícia dele?"

"Não."

"Quer uma água, um café, um uísque?"

"Não."
"Senta", ela sugeriu.
Os dois se sentaram no sofá.
"Está tarde", ela disse.
"Ou cedo", ele retrucou.
Eles se olharam.
"O que o senhor quer de mim?"
"Me chama de Máximo."
"Máximo", ela disse.
E então beijaram-se com força. Sentiam o coração saindo pela boca enquanto tentavam atabalhoadamente se desvencilhar das roupas.

5.

Quando conheci Ayana ela não estava tomando banho, mas estava nua.

Para minha sorte não era casada.

Eu acompanhava um velho amigo da família, Bob, a uma exposição de uma jovem fotógrafa no MAM. Bob, também fotógrafo, havia feito muitos trabalhos com meu pai e me ligara convidando para a exposição de Ayana Santiago, "a coisa mais interessante que aconteceu na fotografia brasileira na última década". Apesar de não ter muito saco pra esse tipo de evento, eu topei. Acho que tanto Bob quanto eu matávamos saudades do meu pai quando nos encontrávamos. Quando entrei no saguão do museu, lá estava um enorme autorretrato de Ayana. A imagem me impactou: na foto Ayana estava nua e de joelhos na cama de um quarto, fotografando-se no espelho do armário. O vasto cabelo e a postura desafiadora remetiam à jovem Angela Davis. Eu entendi na hora "o desejo incontrolável de fazer amor com aquela mulher" a que meu pai havia se referido ao falar do amor de Davi por Betsabá.

Não havia nada de surpreendente ou extraordinário na fotografia no sentido de ousadia estética ou inovação técnica. Mas a imagem era irresistível. Bob se encarregou de me apresentar a Ayana no coquetel que acontecia na antessala da exposição. Uma semana depois Ayana e eu estávamos namorando, tragicamente apaixonados, atravessando noites em meu apê ao som de Ramones e Bob Dylan (embora Marvin Gaye e Beyoncé, os favoritos de Ayana, também reverberassem pelas paredes), sob os efeitos de vinho e maconha.

As semanas que viajamos por Minas expressaram o auge do nosso amor. Nos deslocávamos por estradas bucólicas numa Land Rover alugada para a viagem. Subíamos montanhas, dormíamos em pousadas, parávamos o carro para contemplar o pôr do sol. Passávamos tardes fotografando as seis capelas dos Passos da Paixão, em Congonhas do Campo, embevecidos com as figuras desproporcionais esculpidas por Aleijadinho. Catalogávamos cada dobra de roupa dos doze profetas de rostos inquisidores e olhos orientais. Varávamos noites em Ouro Preto caminhando de madrugada com o Guia de Manuel Bandeira na mão. Nas madrugadas frias conseguíamos ver fantasmas na neblina. Um que sempre víamos passar ao longe era Januário, o escravo de Aleijadinho que tentou se suicidar com uma navalha por preferir morrer a servir um senhor tão feio. Januário surgia ferido e mutilado, sangrando no pescoço, vestindo uma bata branca com manchas vermelhas. Com o fracasso do suicídio, Januário tornou-se um grande companheiro de Aleijadinho, ajudando a amarrar os ferros e macetes nas mãos deformadas do escultor, que mesmo tendo perdido os movimentos dos dedos continuou a esculpir obsessivamente.

A determinação de Aleijadinho nos inspirava.

Dávamos risada de nossas visões inventadas, por mais esquisitas que fossem. Ayana gostava de fotografar à noite, ainda que nem todos os fantasmas se revelassem nas fotografias. Nas manhãs, depois de caminharmos pela madrugada e de ver o sol nascer, acendíamos a lareira do quarto na pousada, fumávamos o último baseado, fazíamos amor e caíamos no sono.

6.

"*In nomine patris et filii et spiritus sancti*", disse o padre, fazendo o sinal da cruz. Em seguida projetou os braços semiabertos na posição imortalizada pelo Jesus de Nazaré: "*Amen*".

Ela adorava ouvir as palavras em latim reverberando na abóbada da catedral. O som a tranquilizava naquele vão em que pardais e andorinhas davam rasantes e tinham seus pios amplificados pela configuração arquitetônica. Naquela manhã, no entanto, não havia paz celestial, arquitetura religiosa, palavra em latim ou canto de andorinha que aliviasse a dor que comprimia seu tórax. Nos últimos dois dias Cassandra Leonel só conseguia sair de casa para ir à missa. Ali repetia preces obsessivas, implorando que Deus lhe devolvesse o filho desaparecido. A cada momento uma nova promessa era firmada e a angústia permanecia como uma sombra sobre sua cabeça. De todas as resoluções tomadas nas últimas horas insones, só uma ela tinha certeza de realizar se Alexandre nunca mais aparecesse, ou, pior, se surgisse sem vida em algum buraco: ela se separaria de Máximo Leonel.

* * *

Não havia mais reputação a ser preservada, a cidade inteira já sabia do sumiço de Alexandre na orgia de celebração de seu desvirginamento. Ainda que os detalhes sórdidos da notícia não estivessem estampados nos jornais, na cidade só se falava do "grande vexame". Sim, a tragédia de Cassandra e Máximo era compreendida como um simples e ordinário vexame. Embora amigas e parentes demonstrassem solidariedade e sofrimento genuíno pela situação, Cassandra sabia que risadas soavam por bares e esquinas e que pessoas se divertiam com o refugo do príncipe da soja, o menino rico que amarelou diante da prostituta contratada em São Paulo a peso de ouro para desvirginá-lo.

O filhinho de papai "deu pra trás". Essa era a grande notícia na cidade.

A polícia já estava informada do desaparecimento de Alexandre e buscas ocorriam em várias regiões, com reforço de equipes da Polícia Rodoviária Federal. Os bombeiros continuavam procurando pelo jovem nas imediações da fazenda, o açude fora drenado e a Polícia Civil interrogava testemunhas e pessoas que estiveram com Alexandre na orgia, que os policiais tratavam como "evento". Uma nota de rodapé num grande jornal de São Paulo, de circulação nacional, afirmava sem maiores detalhes que o filho do fazendeiro desaparecera numa "festa" na fazenda. Versões delirantes surgiam a cada minuto: um lavrador afirmava ter observado um menino de cabelo castanho encaracolado cavalgando de madrugada num milharal em Cândido Mota. Uma mulher jurava ter visto na janela de um bordel em Ipaussu um rapaz sob a mira de um revólver. Um pastor batista testemunhara um jovem de cabelo esvoaçante caminhando pelo acostamento da rodovia Raposo Tavares, próximo a Palmital, falando sozinho como se dialogasse com a alvorada.

Fora as versões fantasiosas, não havia pistas concretas do que acontecera a Alexandre Leonel.

A missa já se encerrara, mas Cassandra não sentia ânimo para levantar do banco da igreja. Nem a promessa de uma dose de Chivas Regal a motivava a voltar para casa. Acompanhada por uma empregada e pela irmã, cada uma com um terço apertado na mão, Cassandra permanecia de olhos fechados, ajoelhada no genuflexório.

Quando abriu os olhos, percebeu a presença de um homem ao lado da empregada e da irmã.

"Desculpe", ele disse, "invadir sua privacidade neste momento."

Ela conhecia aquele homem.

Era um professor da Faculdade de Filosofia, Ciências e Letras, que ela via de vez em quando. Nunca tinham se cumprimentado ou trocado palavra, mas ela notava que ele costumava ir à igreja. Estranho encontrar um professor de filosofia na missa. Pelo que sabia, os professores da faculdade eram, em geral, de fora da cidade — muitos vinham de São Paulo — e viviam relativamente à parte da sociedade local.

O professor, cujo nome ela não sabia, usava barba e tinha cabelo comprido, como muitos professores e alunos da instituição. Não era hippie, mas tampouco se parecia com os homens interioranos comuns. Tinha o aspecto romântico e desleixado de um poeta ou de um ator de filme francês.

"Tudo bem", disse Cassandra. "O senhor não está invadindo nada. Aqui é a casa de Deus, somos todos irmãos."

Imediatamente ela se arrependeu de ter dito isso.

"Só queria externar minha solidariedade a você e à sua família", ele disse. "Vai ficar tudo bem."

"Obrigada."

Cassandra percebeu que ele a tratou por *você*, e não por *senhora*. E gostou do detalhe sutil e ousado. Definitivamente, aquele homem *era* um poeta.

O professor fez um gesto com a cabeça e começou a se afastar.

"Espera", disse Cassandra. "Teu nome."

"Mário Sérgio Moraes. Mário Sérgio", disse o homem com um sorriso.

7.

Os dias passavam lentos, arrastados.

Dava para farejar a irritação aflorando nos poros suados de Winston e de César enquanto jogavam uma partida de tênis para tentar relaxar.

Depois do jogo, os irmãos sentaram num banco à beira da quadra de saibro do Assis Tênis Clube. Até nas quadras de tênis a terra roxa da região parecia arder, guardando em suas profundezas os tentáculos da soja.

"Eu preciso te contar uma coisa", disse Winston.

"Fala."

"Naquela noite."

"Que noite?"

"A noite da suruba."

"O quê?"

"Naquela noite eu comi a putinha."

"Eu vi. Você comeu várias."

"Não. A putinha."

"Todas eram putas."

"A princesa do Alex. A Laura."

"Como? Jarinu estava vigiando a porta da suíte."

"Foi no começo da confusão, na hora que o pai percebeu que o Alex tinha sumido. Todo mundo ficou batendo cabeça, zanzando como barata tonta, e eu aproveitei e fui pegar a dona."

"Senso de oportunidade. Tá certo. Foi bom?"

"Mulher mais gostosa que eu já comi na vida. Juro por Deus."

"Pai não vai gostar de saber disso."

"Que eu comi a mulher mais gostosa da minha vida?"

"Que você comeu a puta reservada pro Alex."

"Ele não vai saber."

"Jarinu conta tudo pra ele."

"O Jarinu estava confuso, nem sei se me viu."

"Gostosa ela?", perguntou César.

"Pra caralho. Pra caralho. Melhor foda da minha vida. Juro por Deus."

Em algum lugar o sino de uma igreja badalou seis vezes.

8.

No retorno a São Paulo, depois das semanas idílicas em Minas, Ayana e eu percebemos rachaduras que se fendiam entre nós. A magia das ladeiras de Vila Rica criou uma ilusão que se desvaneceu ao contato da fuligem do céu paulistano. Minha resistência em sair para me divertir, pegar um cinema, dançar numa rave, assistir a um ensaio da Vai Vai, ir comer uma pizza, ver uma série na TV e agir como um cara normal somada à minha insistência em ficar trancado em casa trabalhando, pensando, contemplando luzes noturnas de Higienópolis e andando em círculos no meio da sala contribuíram para que em alguns meses Ayana desistisse de participar do projeto e, depois de um ano e meio, se mudasse para Nova York sem data para voltar.

"Você é muito fechado, Davi", Ayana dizia. "Parece que vive numa concha."

Conchas.
Aleijadinho tinha uma fixação pela figura das conchas (as

conchas do mar que inexiste em Minas Gerais). Os retábulos em forma de concha esculpidos por ele para os altares da igreja São Francisco de Assis, em Ouro Preto, são considerados grandes feitos. Não é à toa que no primeiro capítulo de *A abertura do Quinto Selo* eu localize a ação nessa igreja. No segundo capítulo a ação se passa no Santuário do Bom Jesus de Matosinhos, em Congonhas do Campo, onde resplandecem as famosas esculturas dos profetas. Portanto imagine meu susto ao ver no noticiário da TV, na hora do almoço, que a parede frontal da igreja de Congonhas do Campo, assim como dois profetas (Oseias e Amós), haviam sido pichados nos mesmos moldes das pichações da igreja em Ouro Preto semanas antes. Isso não era tudo: sob a inscrição recorrente, *Deus está morto*, havia agora uma assinatura.

Davi, meu nome, grafado em letras góticas.

9.

A noite é condição essencial para o vagabundo que se desloca clandestinamente em vagões de trem. Isso ele sabia pela leitura. Mas não lembrava de ninguém ter falado do vento frio no rosto e das estrelas que se movem lá em cima como num planetário gigante balançando que nem liquidificador. Nenhum alerta sobre a dor no estômago vazio, a persistência da náusea e o desconforto da fome.

Onde tudo começou?

Numa frase de língua alienígena entalhada no tronco de uma mangueira? Na pedra preciosa escondida dentro de uma jabuticaba?

Num livro velho escondido na estante do avô. E se o avô era um vendedor de sapatos, por que tinha tantos livros na estante? As coisas definitivamente não fazem sentido. O título era bom, *De vagões e vagabundos*. Inspirador. Vagabundos sabem das coisas. E falam sozinhos. Pensam em voz alta, sabem para onde ir, embora pareça que não. Ah, eles sabem. Pergunte a um vagabundo aonde ele vai e ele dirá. Ele dirá um lugar, mesmo que esse lugar não exista. E ainda que ele sentisse o chamado e esse chamado não fosse só uma atração pela vida de vagabundo, mas um ruído disforme de aço rangendo no aço reverberando lá em cima, na abóbada celeste, no túnel do tempo, ele tinha consciência de que os vagabundos sabem resistir e se esconder. E, no momento, seu único objetivo era resistir e se esconder. E continuar fugindo até chegar ao lugar que eles sabem onde é. Como aqueles malucos vagando no acostamento da rodovia Raposo Tavares, falando sozinhos, carregando uma cruz para algum lugar que eles sabem onde é. Aqueles caras eram Jack London. As estradas estavam cheias de Jack London indo para algum lugar que eles sabem onde é. Pode ser que seja na Via Láctea, na terra de gigantes, na twilight zone. Agora tudo entrava no mesmo ritmo das engrenagens do trem. Jack London, Lack Jondon, Kajc Noldon, Jeca Lodo. O vento ficava cada vez mais frio, a noite mais intensa, as estrelas numerosas, o céu profundo, tudo mexendo e balançando ao rangido metálico do aço raspando no aço.

Aço raspando no aço.

Aço deslizando no aço. Ele estava feliz agora que era um vagabundo, mesmo batendo os dentes de frio. Um vagabundo não tem obrigações. Um vagabundo não tem nome nem tem de passar por provas de fogo ou batizados de sangue. Nem paradeiro tem. Pode ser que seja o espaço dos perdidos no espaço. Seres condenados à angústia e à solidão nos cafundós do universo, impossibilitados de voltar para casa e ainda assim (e talvez por isso) ostentando um sorriso despreocupado. Mas um vagabundo tem fome, muita fome. Tem sono também. E sente frio. E as rodas do trem nos trilhos criam um ritmo próprio, um embalo metálico para ninar vagabundos famintos como o ranger de dentes congelados: sem nome, com fome, sem nome, com fome, sem nome, com fome, sem nome, com fome...

Alexandre Leonel foi localizado numa manhã de céu azul sem nuvens num estacionamento de trens no terminal ferroviário de Botucatu. Foi encontrado por um funcionário da Sorocabana, Antônio Pedreira de Jesus, responsável pela limpeza dos vagões de carga. Naquela manhã, Jesus, como era conhecido o funcionário, acordara indisposto, assombrado por pesadelos em que cadáveres mutilados de vacas surgiam nos vagões no meio de grandes poças de sangue.

PARTE III

1.

Laércio Yerevan desembarcou no porto de Gênova numa manhã nublada de outono em 1974. Não imaginava que alguém estivesse esperando por ele. Stephano, o namorado a quem chamava de *fiancé*, já estava em Milão e lá aguardava sua chegada. Mas, logo que Laércio passou pelo controle alfandegário e que as portas automáticas de vidro se abriram para o saguão de desembarque, ele viu Yanis.

Seu coração disparou.

O que Yanis estava fazendo ali com aquele sorriso ambíguo de rei lagarto?

O mesmo sorriso que fascinara Laércio havia anos no porto de Santos, o sorriso especial que Yanis adquirira no porto de Argel e que se insinuava em qualquer porto em que o fotógrafo surgisse.

Laércio não conseguiu disfarçar a surpresa.

Não era uma coincidência.

O homem de paletó branco e calça jeans desbotada, com óculos escuros de aros redondos, sempre com sua Canon pendurada no pescoço envolvido por um hijab marroquino, não estava ali por acaso.

Yanis Belloumi estava ali para recepcionar Laércio, não havia dúvida.

Mas por quê?

Não se falavam havia tempos, mais de um ano com certeza. Quem poderia ter informado o fotógrafo sobre os horários e destinos da viagem de Laércio?

Olharam-se por alguns segundos em que o sorriso do rei lagarto permaneceu inalterado. Yanis continuava igual, concluiu Laércio, com exceção de alguns fios brancos na onda do cabelo sobre a testa que o deixavam ainda mais sedutor, sólido como uma estátua de mármore.

Quando conheceu Yanis, três anos antes numa mistura de boate gay e restaurante japonês nas docas do porto de Santos, Laércio não imaginava que sua vida mudaria radicalmente a partir daquele encontro. Tudo começou como uma óbvia e exasperada sacanagem: Yanis era irresistível e toda a conversa sobre levar Laércio para a Europa e transformá-lo num modelo internacional foi uma grande e eficiente cantada.

E eles treparam muito nos dias e noites que se seguiram àquele encontro na espelunca punk oriental em que se conheceram entre yakisobas, cervejas e saquê, o antro frequentado por marinheiros, traficantes, junkies e enrustidos que se aventuravam para fora do armário.

O amor brotou do fausto daquelas noites em claro sobre lençóis sujos: suor, porra, saliva e sangue lavados no sal purificador das praias desertas de Bertioga.

Passado o idílio santista, Yanis levou Laércio para a Europa, bancou seus custos, produziu fotos e o lançou no concorrido mundo da moda italiana.

Foram tempos loucos, fruídos na velocidade das anfetaminas que Laércio e Yanis consumiam. Festas, fotos, desfiles, boates, hotéis, piscinas, viagens, discotecas, praias, saunas, shows, sexo, sexo, sexo...

Sem que Laércio se desse conta, aquele homem cosmopolita nascido em Argel e criado em Marselha foi se transformando num misto de amante e pai, o que não parece uma combinação muito eficiente. Mas nem Laércio queria (racionalmente) um pai nem Yanis desejava (racionalmente) um filho. E amantes havia aos montes naquela Europa convulsionada dos anos 1970.

Um dia Yanis partiu, ou Laércio percebeu que o fotógrafo não estava mais a seu lado: o homem desapareceu sem aviso, como convém a um marinheiro.

Marinheiros, sua mãe já dizia, não são confiáveis.

"O que você está fazendo aqui?"

"Esperando você", respondeu Yanis, e tirou os óculos, revelando seus olhos de pupilas trágicas. "Quero te mostrar uma coisa."

2.

Davi.
Foi estranho ver meu nome pichado em letras góticas numa igreja em Congonhas do Campo. Me senti atingido, parei de comer. Estaria vendo coisas? A matéria na TV foi rápida e imediatamente acessei a internet em busca de mais informações.

Desculpe me ater obsessivamente às letras góticas, mas é que esse detalhe me pareceu especialmente *perverso*. E revelador. Havia uma ironia aguda na forma daquelas letras, algo que, juntamente com o que as palavras expressavam, descartava qualquer possibilidade de que fosse uma pichação padrão e mera depredação de patrimônio histórico patrocinada por brucutus ignorantes.

Haveria alguma intenção oculta?

E, ainda que se considerasse a hipótese de arruaça de estudantes e de uma brincadeira sofisticada de viés anarquista e intelectualizado, ainda assim a coisa toda soava intrigante e fora de padrão.

Claro, as coincidências com as passagens do meu livro sobre o Aleijadinho e o meu nome grafado poderiam não passar de coincidências. Talvez um dos pichadores realmente se chamasse Davi ou talvez fosse um pseudônimo escolhido por ele para assinar a pichação. Não é um nome raro. Talvez o fato de as duas igrejas terem sido pichadas na mesma ordem em que elas surgem nos capítulos iniciais de A abertura do Quinto Selo também fosse uma simples coincidência.

Talvez.

Agora, imaginemos que não tenha sido só coincidência.

Forneçamos combustível à imaginação e, quem sabe, à paranoia.

É possível supor hipóteses plausíveis: estudantes se identificam com obras questionadoras que escapam ao senso comum. São jovens. Muitos se interessam por publicações alternativas. Alguém que esteja estudando numa faculdade de Ouro Preto, por exemplo, inspirado pela proximidade com o universo de Aleijadinho poderia ter lido A abertura do Quinto Selo e se identificado com os aspectos não acadêmicos da publicação. Poderia também, por admiração e homenagem a seu autor, ter adotado o Davi de meu Davi Zimmerman como pseudônimo.

Sim, sim.

Mas será?

Uma delegada surgiu na reportagem da TV dizendo-se surpresa com a astúcia e o descaramento dos pichadores, que conseguiram mais uma vez ludibriar o complexo sistema de vigilância e segurança das obras históricas nas cidades mineiras. Ela garantiu que as investigações prosseguiriam, que os sistemas de segurança dos monumentos seriam reforçados e que os vândalos logo seriam descobertos e punidos na forma da lei. Reparei que a delegada tinha olhos de cores diferentes.

3.

Ao ver o corpo inerte do rapaz, cujo cabelo castanho-claro se confundia com a serragem no piso do vagão vazio, Jesus, o funcionário da Sorocabana responsável pela limpeza dos vagões, imediatamente tocou seu braço: "Ei!".

Houve um movimento de corpo e o rapaz despertou de um sono profundo.

Alex, confuso e cansado, disse simplesmente: "Onde eu estou?".

Bem, ele estava vivo, e as vacas mortas com as quais Jesus sonhara de madrugada se transmutaram de repente de um mau presságio para um ótimo augúrio.

Os dias que se seguiram foram confusos.

O jovem foi internado na Santa Casa de Assis para exames. Psicólogos foram chamados, pois Alex se recusava a falar e parecia em estado de choque. Padre Robson apareceu e o abençoou, depois de rezar em silêncio de olhos fechados. Alex não explicava o que acontecera nos dias em que esteve desaparecido, deslocando-se em vagões de trens de carga que passavam pela região. Segundo apurações da polícia, ele teria perambulado por campos, pastos e lavouras durante o dia e, à noite, conseguia subir em algum trem em movimento, dos vários que passavam por ali. Escondia-se em vagões de carga até o amanhecer, quando saltava novamente do trem e voltava aos campos, evitando ser visto, vagando por plantações, pastos e matas inabitadas, bebendo água de regatos e se alimentando de frutas silvestres. Esse procedimento teria se repetido até a manhã em que o trem de carga da Sorocabana chegou ao ponto final no terminal de Botucatu, onde Alex, exausto, não teria conseguido despertar com a parada das máquinas e foi encontrado pelo funcionário da limpeza.

O rapaz se deixou abraçar e beijar pelos pais, irmãos e parentes, mas apenas sorria e se negava a responder a perguntas. Cassandra se recusava a dialogar com Máximo e deixou claro que não o aceitaria de volta em casa.

"Você quer se separar de mim?", perguntou Máximo com seu peculiar tom pragmático de voz, a que Cassandra respondeu com um movimento determinado e afirmativo da cabeça: "Claro".

E ficou combinado que, assim que Alex saísse do hospital e voltasse para casa, advogados seriam chamados para tratar do desquite.

Alexandre teve alta e voltou para casa depois de alguns dias.

Médicos disseram que ele estava bem, apesar de um pouco desidratado e desnutrido, e os psicólogos nada atestaram além de uma pequena confusão mental e muito cansaço. Quando recebeu a visita do avô Tércio, Alex conversou normalmente pela primeira vez. A presença do avô não acontecera por acaso. Cassandra sabia que seu filho caçula tinha uma ligação especial com o pai dela, o velho vendedor de sapatos que gostava de ler romances de aventura.

Tércio Spazzini entrou no quarto de Alexandre Leonel numa tarde de segunda-feira carregando alguns livros de Jack London. O menino estava deitado na cama, olhando a TV.

"Então você decidiu fazer como Jack London e se aventurar pelos trens como um clandestino..."

O menino sorriu.

"Sabe", prosseguiu Tércio, sentando-se ao lado do neto depois de baixar o volume da TV que mostrava um filme de Elvis Presley no Havaí, "tenho inveja de você." Beijou o rosto do menino.

"Jeca Lodo", disse Alex.

"Entendi. Você é Jeca Lodo, a versão interiorana do Jack London. Como você conseguiu subir e descer dos trens em movimento? Isso é muito difícil e perigoso. Eu vi o James Dean fazer isso num filme. Já tive vontade de me aventurar assim, mas só a ideia de subir e, principalmente, de descer dos trens em movimento já me fez desistir. Fala, como você conseguiu?"

"Eu treinei."

"Treinou quando? E onde? Pular de trens não é como jogar futebol de salão."

"Eu não ligo pras meninas que vão no bar ou nos bailes do clube, vô. Não dou bola pros rachas de carro na pista do aeroporto de madrugada nem pras brigas de socos na avenida do colégio. Eu não quero saber das putas da zona. Enquanto meus amigos passam desodorante pra sair à noite, eu vou até a estação de trem. Não me importo de voltar sujo e suado pra casa. Comecei treinando com os trens parados. Subia no trem na estação e ia até Cândido Mota e lá eu esperava o trem parar e saltava. Depois comecei a treinar descer do trem em movimento no caminho entre Assis e Cândido Mota. Não é tão difícil, vô. Você tem que estar atento, principalmente nos dormentes. Sempre tem uma curva em que o trem dá uma diminuída na velocidade, e essa é a hora de saltar. E o salto eu aprendi com o Jack London; tem que ser preciso. Você salta em pé, seguindo o movimento do trem, e desce correndo para fora da linha dos dormentes até normalizar a velocidade no chão. Parece difícil, mas com um pouco de prática fica fácil."

"Pena que eu estou tão velho. Gostaria de ter umas aulas com você."

"Tá em tempo."

"E, Alex, me fala: por que você resolveu sumir assim, sem avisar ninguém? Ficou chateado com a palhaçada que teu pai aprontou lá na fazenda?"

"Eu não sei. Eu não sei o que me deu. Foi como se eu ouvisse um chamado. Mas não eram vozes na minha cabeça. Os psicólogos quiseram saber se esse chamado eram vozes na minha cabeça me mandando fugir. Não, não eram vozes! Eu não sou maluco. Nem estou maluco. Mas…"

Ele ficou quieto por um instante, como se procurasse por uma palavra.

"*Mas* o quê?"

"Mas eu senti uma coisa me atraindo que parecia mais forte que a minha vontade. Como um ímã me puxando, sabe? Não sei pra onde. É que de repente, naquela noite lá na fazenda, as coisas começaram a deixar de fazer sentido. Eu não lembro muito bem, esqueci de muita coisa que aconteceu, mas em algum momento eu ouvi um chamado. Não eram palavras nem imagens. Era uma sensação. Alguma coisa me chamando não sei pra onde nem pra quê."

"Sei. Isso acontece quando a gente é jovem. Esse ímã se chama *juventude*, mas você só aprende o nome dele quando fica velho e o ímã não funciona mais. Já aconteceu comigo, pode ter certeza. Aí você ouviu o chamado e foi pegar o trem?"

"Mais ou menos. Não foi uma coisa assim tão certinha, pensada. De repente a festa estranha que meu pai preparou pra mim e a vida que a gente leva aqui em casa, tudo ficou esquisito, como se eu não entendesse o porquê das coisas. Eu me senti ameaçado. Então me deu vontade de sair correndo, fugir e me esconder. E foi o que eu fiz. Só depois de ficar horas andando pelo mato de madrugada, quando eu estava perto dos trilhos e ouvi o apito do trem, é que lembrei do Jack London. Ventava muito naquela noite. E eu também joguei fora a camisinha que meu pai tinha me dado."

"Teu pai te deu uma camisinha?"

"Uma camisinha com um A dourado estampado."

"Uma camisinha que você não usou."

"Isso."

"Juventude...", disse Tércio, pensativo. "Jack London talvez não tenha vivido o suficiente para ter sentido saudades da juventude."

"Sorte dele", disse Alex.

4.

Logo que o avião pousou no aeroporto de Confins, peguei um táxi e fui para Ouro Preto. A antiga Vila Rica sempre mexia com meus sentimentos. As lembranças dos dias felizes com Ayana, a constatação cruel da minha solidão e a percepção de que talvez aquela viagem fosse fruto da mais pura paranoia me deixaram num estado de espírito melancólico. Chegando, tentei ser prático e objetivo (o que é sempre difícil pra mim). O táxi me deixou na delegacia de Polícia Civil, mas a delegada Rafaela Siqueira não estava lotada ali, ela vivia em Belo Horizonte e a responsabilidade pela investigação das depredações era da Delegacia Especializada em Investigação de Crimes Contra o Patrimônio, localizada na capital mineira. Expliquei que tinha algumas informações que talvez pudessem ajudar na investigação e o delegado de plantão fez um telefonema para Rafaela, que topou me receber em Belo Horizonte no final da tarde. Como eu tinha algumas horas antes do encontro, almocei rapidamente uma galinha com quiabo na Casa do Ouvidor e dei uma caminhada pelo centro histórico de Ouro Preto.

O passeio me evocou reminiscências.

Na *Abertura do Quinto Selo* há um diálogo entre Aleijadinho e Tiradentes. Situei a cena numa taberna de Vila Rica, numa madrugada em que o escultor e o alferes bebem na companhia de artistas e prostitutas.

"*Então, o que bebes, alferes?*", *pergunta o Aleijadinho.*

"*Aguardente e uma caneca de boa cerveja. E tu, artista?*"

"*A única bebida que embriaga o Antônio é a que se fermenta nas minhas entranhas...*", *responde com um sorriso Maria Gaia, a puta, antes que o Aleijadinho diga qualquer coisa.*

Todos riem.

Embora não exista nenhum registro histórico, é provável que Tiradentes e Aleijadinho tenham se conhecido e convivido de alguma forma. Os dois eram contemporâneos, figuras destacadas da sociedade de Vila Rica, e com certeza devem ter cruzado caminho em ladeiras, festas, missas e tabernas.

Caminhei até a atual praça Tiradentes, local em que, no meu livro, o Aleijadinho observa com horror a cabeça decepada do inconfidente fincada num poste. No trajeto tive a impressão de que alguém me seguia. Olhei para trás algumas vezes, mas não vi ninguém.

5.

Mário Sérgio olhou o relógio.

O bar do Turco era frequentado por professores e alunos da faculdade, além dos bêbados que perambulavam pelas imediações da estação ferroviária.

Nilo estava atrasado.

Mário Sérgio temia que o colega tivesse caído nas garras de algum agente do DOI-Codi. Não era paranoia, coisas assim aconteciam com frequência.

Nilo entrou no bar, para alívio de Mário Sérgio.

"Qual a pauta?", perguntou Nilo enquanto sentava, depois de pedir uma coalhada para o Turco. "O sexo dos anjos?"

"Sem debates hoje. Estou precisando desabafar. E todo mundo sabe que anjos são hermafroditas."

"Turco!", gritou Nilo. "Suspende a coalhada e traz uma cerveja." Dirigiu-se a Mário Sérgio: "Não o arcanjo Gabriel, frequentador assíduo do bas-fond da Galileia. Desabafa".

"Acho que estou apaixonado."

"É pra rir ou chorar?"

Olharam-se em silêncio até o Turco trazer a cerveja e servir os dois copos.

"É a mulher do fazendeiro?", perguntou Nilo depois de um gole.

"Fala baixo", disse Mário Sérgio sem tocar na cerveja.

"Bebe", disse Nilo. "É a mulher do Leonel?"

"Fala baixo, porra!"

"O seu problema não é eu falar alto ou baixo. Se você comer a mulher do cara, ele te mata, mesmo que eu fique sussurrando aqui até amanhã."

"Não me assuste!"

"Se você passar a vara na mulher do Máximo Leonel, é morte certa."

"Não reduza as coisas a uma questãozinha sexual, Nilo. Porra. *Passar a vara*. Ridículo."

"Ah, bom. Se não tiver sexo você sobrevive."

"Não é isso. É mais que isso. E também não é só isso. Entende?"

"Não. Eu sabia que alguma hora iam surgir os argumentos elipsoidais. Bebe, Mário Sérgio. Não vou falar mais nada até você tomar um gole de cerveja."

Mário Sérgio bebeu o copo inteiro de um gole só.

"Ótimo", disse Nilo. "Já comeu ela?"

"Claro que não, Nilo! Eu estou apaixonado, entende?"

"É que eu pensava que paixão e sexo podiam ter alguma relação."

"Eu estou falando sério."

"Essa paixão te dá duas opções: você esquece a dona, tira uma licença e vai passar um mês na França."

"E a segunda?"

"O fazendeiro te mata."

"Vai se foder, Nilo."

"Eu também estou falando sério."

"Melhor a gente discutir filosofia."

"Menos arriscado, com certeza."

"Nós estamos saindo", afirmou Mário Sérgio depois de uma pausa.

"Saindo? Saindo pra onde? Nesta cidade você não pode peidar que fica todo mundo sabendo."

"Nós fomos tomar uma Coca-Cola umas duas vezes depois da missa."

"Coca-Cola depois da missa? Puta que o pariu, Mário Sérgio, o que aconteceu com você? Foi lobotomizado no Dops e não contou pros amigos? Coca-Cola depois da missa? E o que mais? Vão desfilar juntos na procissão de Corpus Christi?"

"Pensei que dava pra eu conversar com você sobre alguma coisa além de filosofia. E ninguém *desfila* numa procissão; procissões não são desfiles de escolas de samba."

Nilo serviu mais uma rodada de cerveja nos copos vazios.

"Não quis te ofender", disse.

"Não me ofendeu."

"Vou resolver o teu problema. Sabe a Mirella, aquela menina que faz mestrado comigo? Ela mora sozinha em Cândido Mota, tenho intimidade com ela. Você vai marcar um encontro com a Cinderela fazendeira lá em Cândido Mota. A Mirella te empresta a casa. Lá vocês ficam mais protegidos dos radares do Leonel."

"Não sei se isso vai resolver o meu problema", disse Mário Sérgio.

"Bom, você também pode abandonar tudo e ir pra um convento."

"Tá bom. Eu me encontro com a Cassandra na casa da Mirella em Cândido Mota. E daí?"

"Daí vocês podem ficar a tarde inteira lendo a Bíblia ou fazendo crochê."

"Você não consegue falar sério nem por um minuto?"

"Você vai lá e come ela. Ela deve estar subindo pelas paredes, não? Ela e o marido não se separaram?"

"Estão iniciando o processo de desquite. A Cassandra está vivendo uma tormenta interior", disse Mário Sérgio.

"Então. Você vai lá e se descabela na tormenta interior da Cassandra. Depois, se quiser continuar vivo, pede transferência pra uma Universidade Federal em Rio Branco, Cuiabá ou Santa Maria. Ou melhor, tenta de novo aquela bolsa na Sorbonne. Ou em qualquer lugar bem longe daqui."

"Fala com a Mirella."

"Vou falar, vou falar", disse Nilo. "Tem um cigarro?"

"Achei que você só fumava cachimbo."

6.

Cheguei pontualmente ao encontro com a delegada Rafaela Siqueira em Belo Horizonte. Era uma mulher mais ou menos da minha idade, solícita e de forte sotaque mineiro. Vestia um tailleur que dava certa imponência à sua figura. E tinha um olho castanho e outro azul.

"Estranhando meus olhos?", ela perguntou, indicando uma cadeira em frente à sua mesa.

"Se parecem com os do David Bowie", respondi.

Ela sorriu: "Parece que ele tinha um olho de vidro. Os meus são naturais".

Ficamos um instante em silêncio.

"Já o cabelo é tingido. Você é escritor?"

"Jornalista e escritor", eu disse. "Cada vez mais escritor e menos jornalista."

Entreguei para ela um exemplar de A *abertura do Quinto Selo* e apontei as coincidências dos locais vandalizados com os cenários das ações dos dois primeiros capítulos do livro.

"Interessante", ela disse, dando uma folheada rápida. "Posso ficar com o livro?"

"Por favor."

"Algum inimigo ou alguém que gostaria de se vingar de você por alguma razão?"

"Não que eu saiba."

"Alguém de quem você tenha falado mal?"

"Não sou esse tipo de jornalista. Faço resenhas de livros, discos e filmes. Basicamente crítica cultural. E geralmente só falo do que gosto. Não tenho inimigos."

"Os inimigos secretos, os fura-olhos, são os piores. Por que você acredita que o seu livro tenha alguma relação com as pichações?"

"Eu não acredito que ele tenha. Só estou querendo colaborar de alguma forma. Acho estranhas as coincidências. E o fato de o pichador ter assinado Davi."

"Davi é uma figura bíblica. O pichador, ou os pichadores, pois acho difícil alguém ter feito tudo aquilo sozinho, está obviamente querendo criticar e ofender valores religiosos nessas depredações. Não é improvável ter usado uma figura bíblica nas pichações. E a igreja de São Francisco de Assis, assim como os profetas de Congonhas, estão entre as obras mais conhecidas do Aleijadinho."

"Espero que seja só coincidência mesmo", eu disse.

"E o fato de Oseias e Amós terem sido pichados?", ela perguntou. "O senhor tem alguma hipótese de por que só esses dois profetas foram escolhidos?"

"Não."

Achei a pergunta pertinente. Eu pesquisaria sobre os profetas logo que voltasse para casa.

"Vocês têm algum suspeito?", eu perguntei.

"Isso foi obra de estudante. Não é coisa de arruaceiro comum. Estamos investigando grupos estudantis de anarquistas, ativistas ateístas, black blocs, essa turma. Uma coisa é certa: eles agiram com muita eficiência. Conseguiram escapar das câmeras de segurança e driblaram os guardas e vigias locais. Mas estamos monitorando e já reforçamos a segurança nas áreas de possíveis ataques. Ouro Preto, Mariana, Sabará, Congonhas do Campo e até Tiradentes. E não estamos nos atendo só às obras do Aleijadinho, mas as de todas as cidades históricas."

"Perfeito", eu disse. "Agradeço a sua atenção."

A delegada me pediu que anotasse o número do meu celular caso ela precisasse de alguma informação extra. Pediu também que eu autografasse a cópia de A *abertura do Quinto Selo*. Quando nos despedimos, sugeri que ela ficasse de olho, só por precaução, na praça Tiradentes em Ouro Preto. Era lá que se iniciava a ação do terceiro capítulo do meu livro, com Aleijadinho mirando a cabeça decepada daquele que viria a ser o mártir da independência.

"Já estou ligada", ela disse. "Você esteve lá hoje na hora do almoço, não esteve? Eu já tinha sido informada da sua presença ali. Qualquer um é considerado um suspeito em potencial para nós. Obrigado pelo livro. Vou ler."

E com essa vaga suspeição pairando sobre minha cabeça peguei um táxi de volta para o aeroporto de Confins.

7.

Máximo Leonel não conseguia encontrar o sapato.

Havia algo fora de controle e essa era uma situação incomum para o fazendeiro. Desde que se mudara para a fazenda vivia dando falta de coisas. Tudo parecia virado, como se um vendaval tivesse varrido a fazenda. Mesmo com o retorno do filho as coisas não voltavam ao normal.

Encontrou o sapato largado sob uma cristaleira na sala. Que porra do caralho o sapato estava fazendo ali? Ouviu a buzina, calçou o sapato, juntou rapidamente suas coisas e se encaminhou com pressa até a porta.

Ouviu mais uma vez o toque impaciente da buzina do Maverick.

"Calma!"

8.

Durante a viagem no Bentley conversível, Laércio e Yanis não trocaram muitas palavras. Yanis não disse para onde se encaminhavam e Laércio não fez questão de saber.

Laércio estava gostando do suspense.

As coisas com Yanis eram surpreendentes e nebulosas, sempre divertidas.

De vez em quando, dirigindo com uma mão só, Yanis segurava a Canon com a outra mão e tirava uma foto de Laércio.

Laércio ria: "Vai te foder, Yanis".

Moveram-se pela costa até a França e, próximos de Nice, pararam num posto para abastecer o carro, ir ao banheiro e comer alguma coisa. Laércio aproveitou para fazer uma ligação a cobrar para Stephano de um telefone público. Deu uma desculpa, justificando o atraso devido a um problema com a documentação.

A presença de Yanis determinava, invariavelmente, algum tipo de confusão ou ruptura.

Mudança.

Depois da parada, seguiram viagem.

* * *

A tarde já ia avançada, Yanis continuava absorto, dirigindo concentrado e sem falar muito, fumando Gitanes e surpreendendo Laércio de vez em quando ao bater uma foto inesperada.

Laércio não conseguia entender muito bem o que sentia por aquele homem a seu lado.

Para onde o levava?

(E por que se deixava levar sem nenhuma resistência ou questionamento?)

O que Yanis queria mostrar a Laércio depois de um ano sem se falarem?

Por um momento Laércio pensou que Yanis o conduzia até o pai desconhecido. A ideia era absurda, mas seria com certeza a surpresa mais espetacular que alguém poderia proporcionar a Laércio: Yanis o levaria a um boteco escuro fedendo a aguardente, e um velho lobo do mar de cabelo branco e pele gasta pelo sol se levantaria bêbado de uma mesa com uma garrafa de *grappa* na mão e diria, com lágrimas nos olhos vermelhos: "*Figliolo mio, sono felice che tu sia tornato!*".

Laércio pegou no sono e só despertou quando Yanis desligou o motor do Bentley. Imaginou que Yanis devia ter tirado muitas fotos dele enquanto dormia. Já escurecera, a brisa marítima balançava as folhas secas das árvores e eles estacionaram em frente a uma mansão numa vila à beira-mar.

Não havia nenhuma taberna nem um velho marujo italiano à vista.

"Está vendo essa casa?", disse Yanis.

Uma ave passou voando baixo em direção ao mar, a lua desenhava um silencioso caminho de prata do horizonte até o continente.

"Foi aqui que os Stones gravaram Exile On Main Street", prosseguiu, com um sorriso que evidenciou o mau estado de seus dentes. Antes de dizer qualquer coisa, Laércio sentiu uma vertigem e teve a nítida sensação de que sua irmã gêmea corria perigo.

PARTE IV

1.

"Que cara é essa? Parece que você viu um fantasma."
Jarinu conduzia o Maverick dourado e Máximo ia ao lado dele, olhando a paisagem pela janela.
"Não tem cara nenhuma não, senhor."
"Claro que tem. Te conheço."
"Não é nada."
"Claro que é. Agora você está se esmerdalhando. Ninguém me engana, Jarinu. Muito menos você."
"É que tem uma coisa que eu preciso contar pro senhor..."
"Conta logo."
"É uma coisa difícil de contar."
"Por isso mesmo. Essa é que tem que contar logo."
"É sobre a dona Cassandra", disse Jarinu, e um silêncio se impôs.
"Ela está se encontrando com o professor comunista", disse Máximo. "Eu já sei."
"Como o senhor sabe?"
"Eu frequento o Bar do Boiadeiro, esqueceu? Aquilo é pior

que salão de beleza, um antro de fofoca. Homem é mais fofoqueiro que mulher, sabia?"

"E então?"

"E então o quê, Jarinu?"

"O senhor vai fazer alguma coisa?"

"Alguma coisa o quê?"

"Alguma coisa em relação a essa situação?"

"E desde quando eu te dou satisfação do que eu faço ou deixo de fazer?"

"Não tem de me dar satisfação, não é isso. É que eu fico preocupado."

"Preocupado com o quê?"

"Com a dona Cassandra. É uma mulher direita, sempre me tratou bem, a mim e à minha família. Ela está sofrendo muito com tudo o que aconteceu."

"Eu sei, eu sei. E eu tô é cagando pra ela. Além de comunista esse professor deve ser meio veado. Eles vão na missa juntos e depois tomam refrigerante naquele bar em frente à catedral. Se ela saísse com o padre Robson, estaria correndo mais perigo."

"Tá certo."

"Por que você continua com essa cara de quem viu alma penada?"

"Não estou com cara nenhuma, não senhor."

"Tá sim, criatura. O que é? Tá sabendo de alguma coisa que eu não sei?"

"Não senhor."

"Você não me engana, Jarinu. O que é?"

"É que... desde o dia do desaparecimento do Alex eu estou com um negócio engasgado."

"Que negócio? Uma asa de frango?"

"É sério, seu Máximo. Estou pra contar uma coisa pro senhor e não consigo."

"Por que não consegue?"
"É muita confusão."
"Só isso?"
"Sim."
"E por que resolveu contar agora?"
"O senhor está mais calmo. O Alexandre apareceu. As coisas entraram nos trilhos."
"Safado. Eu sei quando você está mentindo."
"Eu estava sem coragem."
"Cagão. Conta logo! Agora eu estou começando a me emputecer de verdade. Não gosto que me escondam as coisas. O que foi?"
"Na noite da festa, na hora da confusão, quando o senhor percebeu que o Alex tinha desaparecido da fazenda, lá no quarto em que estava a... dona Laura..."
"O que houve?"
"O Winston entrou no quarto na hora da confusão."
"O Winston comeu ela?"
"Se comeu eu não sei, porque o senhor estava me gritando e eu tive que sair de lá pra ir procurar o Alex. Mas que o Winston entrou na suíte, isso ele entrou."
"Tá certo", disse Máximo. E voltou a olhar a paisagem.
"Eu prometi pra ele que não ia contar nada pro senhor", disse Jarinu.
Máximo Leonel ficou em silêncio, olhando pela janela do carro, o cabelo desgrenhado pelo vento.
"Teu coração é grande", disse por fim, "maior que a tua barriga. Você gosta da minha mulher e dos meus filhos. Gosta de mim e da minha família. Isso vale mais que dinheiro. Fica tranquilo."
Jarinu respirou aliviado.
Alguma coisa ele teria de contar ao patrão, já que não conseguia enganá-lo e o homem parecia ler seus pensamentos. Preferiu entregar Winston e preservar Cassandra, mantendo em segredo a ida dela até Cândido Mota para se encontrar secretamente com o professor da faculdade.

2.

Lindo! E eu me sinto enfeitiçada, correndo perigo...
Laura observava o disco girar na vitrola.
Seu olhar é simplesmente lindo...
Acendeu um incenso.

Laércio estava longe, provavelmente já devia ter desembarcado no porto de Gênova, a caminho de Milão para mais uma temporada de desfiles. Melhor assim. Era cedo para sentir saudades do irmão gêmeo e ela precisava agir. Tinha tomado uma decisão importante. Será que Laércio entenderia as razões do que ela estava prestes a fazer?

Não teve coragem de contar a Laércio, embora quase não houvesse segredos entre eles.

Em algum momento, e logo, teria de fazê-lo.

Quem sabe ele não captaria tudo por telepatia, como já acontecera outras vezes?

O pior, ela pensou, eram os segredos que escondiam de si mesmos. Estes nem a telepatia era capaz de revelar.

Mas também não diz mais nada, menino bonito...

A tarde caía e prenunciava uma noite especial.
Laura aguardava a chegada de Máximo Leonel. Estava um pouco nervosa, é verdade, mas confiava que tudo correria como tinha planejado.

E então quero olhar pra você, depois ir embora, á, á, sem dizer por quê...

Ela tomou banho de banheira, secou o cabelo com bobes coloridos e se maquiou concentrada, não se esquecendo de colocar os cílios postiços e as argolas douradas. Depois escolheu sua camisola mais sexy, não vestiu calcinha e pingou algumas gotas de patchouli atrás das orelhas, entre os seios e na virilha.

Eu sou cigana, á, á, basta olhar pra você...

Foi até a sala, o sol já se punha, acendeu as velas, apagou as luzes.

Pegou um cigarro e ficou olhando os carros lá embaixo, no trânsito do fim da tarde na rua Augusta. Laura estava tão ansiosa, com os pensamentos tão distantes, que esqueceu de acender o cigarro.

3.

Cassandra estacionou o Galaxie e permaneceu dentro do carro, observando. Depois sinalizou com os faróis e Mário Sérgio se levantou do banco onde estava sentado, numa praça vazia sob uma árvore perfumada de jasmim-manga. Ele estava absorto ouvindo o canto de cigarras e não tinha percebido a aproximação do Galaxie.

"Entra", ela disse.
"Tem certeza? Acho perigoso."
"Tá com medo do quê, Mário Sérgio? Do Máximo?"
"Claro."
"Foda-se o Máximo, ele está viajando. Entra aí."
Ele entrou.

Máximo Leonel entrou no apartamento do Conjunto Nacional.
Velas acesas, um incenso espalhava perfume de jasmim pela sala, Laura dormia no sofá.

Agora Máximo tinha uma chave, não precisava mais esperar que a moça atendesse suas batidas na porta.

Ele pagava as despesas do apartamento. Aquele era mais um território conquistado, terra dominada.

Máximo não estava muito atrasado, chegara pouco depois do horário combinado, sete da noite. Mas sua princesa adormecera inocentemente no sofá como uma menina indefesa.

Máximo se aproximou devagar, admirando a beleza de Laura. Ela ressonava coberta apenas por uma camisola muito curta. Máximo pousou numa mesinha a caixa de bombons que comprara para ela na rua Augusta e olhou as longas pernas nuas largadas como dois répteis sonolentos no sofá. Notou um cigarro intocado deixado no tapete. Viu os seios de Laura movendo-se lentamente com a respiração, querendo escapar da fina camada de seda que mal os comportava. Aspirou o perfume do patchouli e uma forte onda de excitação tomou conta do fazendeiro.

Quando Laura despertou, Máximo estava nu, acariciando o cabelo dela, ostentando uma exuberante ereção que explicitava suas intenções sem necessidade de adendos verbais.

Depois de transarem no sofá de maneira brutal — como sempre acontecia desde que treparam pela primeira vez dias após o sumiço de Alex na malfadada orgia —, Laura e Máximo jantaram.

"Até que você cozinha bem", disse Máximo, mastigando o estrogonofe.

"Obrigada."

Ele moveu o copo, fazendo sinal para que ela o servisse de mais um pouco de cerveja. Ela tinha aberto uma garrafa de vinho tinto chileno, mas ele preferira uma Brahma gelada.

"E essas velas?", perguntou depois que Laura o serviu de cerveja.

"O que tem?"

Ele fez um movimento circular com o braço: "As velas, o banquete, o vinho... essa camisola. Estou sentindo um clima de comemoração?"

Ela concordou, sorrindo.

"O que estamos comemorando?"

"A chegada do seu filho."

"A volta do Alex?"

"Também. E de um outro filho."

"Que filho?"

"Eu estou grávida, Máximo."

"Parabéns", ele disse, levando à boca uma garfada do estrogonofe. "Parabéns."

"Parabéns? Acho que você não entendeu."

Ele mirou Laura com um sorriso contido e frio: "Mentirosa".

"É verdade."

"Nem vem, Laura."

"Eu estou grávida de você, Máximo!"

"Não me decepcione. Pensei que você fosse sincera. Ou profissional, pelo menos."

"Você não está entendendo mesmo? Eu estou grávida de você e estou sendo *absolutamente* sincera."

"Você está querendo me dar um golpe? Para de falar merda!"

"Não estou falando merda. Você foi o único cara com quem eu transei depois da minha última menstruação."

"Não me chama de *cara*", disse Máximo, se levantando da mesa. "Se você estava precisando de dinheiro, por que não me pediu? Tentar me dar um golpe a esta altura do campeonato? E eu fiz vasectomia!"

Laura se levantou e encarou Máximo com um olhar de espanto.

"A não ser que... O seu filho..."

Máximo segurou-a pelos ombros: "Escuta aqui, eu não vou ser avô de um filho da puta. Se você engravidou do meu filho, você vai tirar essa criança, e vai tirar logo. Senão eu mesmo vou dar um jeito nisso, entendido?".

Laura baixou a cabeça, os olhos voltados para o chão. Seu sentimento de humilhação a impedira de dizer qualquer coisa enquanto Máximo juntava rapidamente as coisas dele para ir embora.

4.

Cassandra atravessou a cidade e parou o carro no acostamento da estrada que liga Assis à rodovia Raposo Tavares. Desligou os faróis. Anoitecera havia pouco e eles viram a lua cheia. Ninguém por perto, só pastagens, campos e as plantações que circundavam a área urbana. De vez em quando passava um carro. Cassandra e Mário Sérgio ouviram latidos distantes, grilos e um galo cantando fora de hora.

Dali dava para ver as luzes da cidade cintilando.

"Nunca trepei no carro", disse Cassandra, tirando a roupa.

"Eu também nunca trepei no carro", disse Mário Sérgio, se desvencilhando da camisa. "Meus pais não tinham carro."

Eles fizeram amor de forma desajeitada mas intensa.

Depois acenderam um cigarro e o dividiram, ainda nus, olhando a paisagem noturna que se desvendava através do para-brisa do Galaxie.

"Quem foi Raposo Tavares?", perguntou Cassandra.

"Um bandeirante que andou matando e capturando índios por aqui no século XVII."

"Você é tão culto", ela disse.

"E você, irônica."

"O Raposo usava barba, como você?"

"Estou notando uma diferença de procedimento ou é impressão minha? Você desencanou do perigo? Mandou tudo pro inferno? Está mais interessada na barba do Raposo Tavares do que nos problemas do seu casamento?"

"Foda-se", disse Cassandra enquanto soltava a fumaça do cigarro. "Estou numa fase Jane Fonda. Women's Lib."

"Estou apaixonado por você, Cassandra."

Eles se beijaram, ela soprou a fumaça do Charm dentro da boca dele.

"E imagino que o fato de a minha vida estar correndo risco não anda te incomodando."

"Sua vida correndo risco? Por quê? Você é subversivo, está envolvido com terrorismo?"

"Eu estou namorando a mulher do Máximo Leonel."

"O Máximo tá pouco se lixando. Arrumou uma puta em São Paulo. Melhor assim. No fundo é do que ele gosta: de mulheres que ele possa comprar e que façam tudo que ele quiser. Estamos negociando os termos do desquite. O único medo do Máximo é eu ficar com metade do dinheiro e das fazendas dele. Quem está sentindo medo é ele!"

"Não é bem assim. O mundo dos homens é cheio de regras e de sangue. Eu não estou tranquilo e acho que você também não deveria estar. Por que a gente não vai embora da cidade?"

"Antes vamos acabar isto aqui", Cassandra disse e baixou a cabeça para chupar o pau dele.

Os irmãos viam TV.

Cirilo, o mordomo, já com seu pijama de seda, trouxe o

Ericofon sobre uma almofada de veludo: "O Jarinu quer falar com um dos senhores".

"Estamos vendo filme", disse César.

"É urgente", disse Cirilo. "Ele está fazendo uma ligação a cobrar de um orelhão na estrada. Parece que seu pai precisa falar com vocês com urgência."

"Vai, Alex", ordenou Winston, "atende."

César baixou o volume da televisão e ele e Winston ficaram observando o irmão caçula ouvir o que Jarinu dizia. Foi breve.

Depois de desligar, Alex disse: "O pai quer falar com a gente. Com os três. Mandou a gente esperar aqui, ele chega em duas horas. Tá puto da vida com alguma coisa".

"Com o quê?", perguntou César.

"Jarinu não contou", disse Alex.

"Cadê a mãe?", perguntou Winston.

"Dona Cassandra saiu", disse Cirilo.

"Pra onde?", perguntou César.

Ninguém sabia.

5.

Deus está morto.
Eu não estava em casa dessa vez.
Estava na sala de espera do dentista, olhando um canal de notícias na TV. Os pichadores tinham atacado de novo.

Como eu previra, a terceira pichação ocorreu na praça Tiradentes, em Ouro Preto, numa mórbida simetria com meu livro, cujo terceiro capítulo se passa no mesmo cenário. Dessa vez, quem sabe para escaparem da vigilância mais atenta, os pichadores agiram numa das paredes laterais do Museu da Inconfidência. Mesmo que não tivesse o apelo midiático das pichações anteriores, mais espetaculares por atingirem pontos bem visíveis dos monumentos depredados (as paredes frontais das igrejas em Ouro Preto e Congonhas do Campo, além dos dois profetas), a pichação atual me acertou como um míssil teleguiado. Sob o já tradicional *Deus está morto*, seguiam-se agora — nas mesmas e cada vez mais intrigantes letras góticas — os dizeres: *A abertura do Quinto Selo*. O título do meu livro!

Dessa vez, o solitário e enigmático *Davi* da pichação anterior fora substituído por uma assinatura composta de três palavras e um número em algarismos romanos.
Os nomes vinham pichados horizontalmente, nesta ordem:
London
Dória
CCCLXXXII
Assis

Não havia mais dúvida. Eu estava, de alguma forma, envolvido naquela maluquice. Restava descobrir o que significava aquilo. O nome do meu livro na pichação só confirmava que havia algo oculto direcionado a mim. As três palavras que substituíam o *Davi* da pichação anterior poderiam funcionar igualmente como uma assinatura de autoria coletiva, se *London*, *Dória* e *Assis* fossem entendidos como nomes próprios ou como uma menção a algo que deveria ser desvendado, como uma charada.

London, a capital inglesa, e Assis, a cidade italiana onde nasceu são Francisco de Assis, até onde eu conseguia alcançar, coincidiam, era óbvio, apenas no fato de serem cidades, e cidades europeias. Dória surgia como um fator estranho a essa linha de raciocínio, já que não existia nenhuma cidade com esse nome.

Dória era um sobrenome, e sua presença nesse trio talvez significasse a assinatura de um dos autores da pichação (provavelmente um pseudônimo). Assis também era um sobrenome e London, embora raro no Brasil, era um sobrenome corriqueiro em países de língua inglesa.

Os algarismos romanos CCCLXXXII, expressando o número 382 no nosso sistema decimal, mantinham-se como um enigma indecifrável, como um monolito negro resplandecendo em plena Ouro Preto.

Essas elucubrações me passaram pela cabeça em segundos e já me encaminhava para fora do consultório quando a secretária perguntou: "O senhor está indo embora, seu Davi? O dr. Túlio já vai atender".

Ao que respondi algo como "Surgiu uma emergência, depois eu ligo pra remarcar".

Era uma consulta de rotina, nenhuma dor de dente estava me incomodando e, mesmo que estivesse, eu já me sentia devidamente anestesiado depois daquela notícia. Ainda no saguão do prédio onde ficava o consultório, liguei para a delegada Rafaela Siqueira em Belo Horizonte.

"Eu estava pra te ligar", ela disse. "Você tinha razão, o seu livro está mesmo sendo utilizado pelos depredadores. Já desloquei uma equipe até Sabará, vão montar acampamento na frente da Igreja de Nossa Senhora do Carmo."

O quarto capítulo de A *abertura do Quinto Selo* se iniciava nessa igreja de Sabará, para a qual Aleijadinho esculpiu a portada e o frontão.

"Com certeza vamos pegar a garotada em Sabará."

Mas naquele momento, não sei por quê, tive a intuição de que não haveria uma quarta pichação.

"E esses dizeres de agora?", perguntei. "London, Dória, Assis e os algarismos romanos? Alguma pista?"

"Estou cada vez mais convencida de que isso é ativismo de estudantes. Uma espécie de terrorismo antirreligioso, algo do gênero, estamos trabalhando principalmente com essa hipótese. Veja: eles depredam igrejas; o título do seu livro, A *abertura do Quinto Selo*, é uma referência a um dos capítulos do Apocalipse; Assis é a cidade onde são Francisco nasceu; *Deus está morto* é uma frase de Nietzsche, filósofo que se notabilizou por combater a religião; e Davi é uma figura bíblica. Na minha opinião, tudo aponta para um ativismo meio anarquista e antirreligioso."

"E como se explicam London, Dória e aquele número em algarismos romanos, trezentos e oitenta e dois?"

"Não há uma explicação. Ainda. Veja bem, tudo é possível, por enquanto estamos engatinhando. Trezentos e oitenta e dois pode ser o número de algum versículo da Bíblia, estamos pesquisando. London, Londres é uma das capitais com o maior número de ateus no mundo, tendo inclusive patrocinado campanhas públicas ateístas com dizeres como *Deus provavelmente não existe. Agora pare de se preocupar e curta a vida* estampados naqueles ônibus vermelhos de dois andares. Já imaginou se estampam isso nos ônibus aqui de Belo Horizonte? Ave Maria! Aí sim eu teria um problema sério de depredação urbana. Estamos levando tudo isso em conta, na medida do possível."

"Dória?"

"Não sei, Davi. Eu adoraria ter calma e tempo pra investir nesse caso e me dedicar a decifrar enigmas. Mas estou com uma penca de crimes mais sérios pra investigar. Não me sobra tempo, gente especializada nem verba pra eu me concentrar nessas pichações. Não posso colocar uma baderna de estudante como prioridade. Minha vida aqui na delegacia não é um romance da Agatha Christie, entende?"

Eu entendia.

"Não se justifica", ela prosseguiu. "Os prejuízos causados por essas ações não são muito significativos, uma boa lavagem já deixa as paredes em ordem, embora a cúria metropolitana e o patrimônio histórico estejam no meu cangote por uma solução. Vamos pegar esses arruaceiros, é questão de tempo. Alguma hora eles vão baixar a guarda, tenho certeza. Mas se você puder vir aqui novamente pra trocarmos algumas ideias sobre esse caso, vai ser ótimo. E parabéns pelo livro. Adorei."

Agradeci, e nos despedimos.

Saí para a rua, não havia táxis parados no ponto, acionei o Uber.

Enquanto esperava, fiquei observando pedestres e carros que passavam pelo asfalto. Me sentia aéreo, isolado.

6.

Máximo Leonel entrou na sala da casa em que morava semanas antes e da qual fora expulso por Cassandra. Dispensou Jarinu e pediu que o mordomo Cirilo sumisse imediatamente dali. Então ordenou que os filhos prestassem atenção ao que ele tinha a dizer. César tentou convencê-lo a sentar-se, pois os irmãos estavam no sofá e seria desconfortável para o pai permanecer em pé, mas Máximo Leonel respondeu com um conciso "Cala a boca".

Depois disse: "Júlio César. Vocês sabem quem foi Júlio César? Um imperador romano famoso por sua coragem e inteligência. Quando era ainda um general, foi sequestrado por piratas que exigiram vinte moedas de prata pela liberdade dele. Júlio César convenceu os piratas a exigirem cinquenta, que foram pagas. Depois de libertado ele voltou, capturou e crucificou cada pirata que tinha participado do seu sequestro. Assim era o homem que inspirou o teu nome, César. Um homem determinado, ousado e *corajoso*. E nada estabanado. Com certeza um homem que jamais dispararia acidentalmente uma arma se não fosse a sua intenção".

A observação atingiu César como uma facada.

"E o que dizer de Winston Churchill?", prosseguiu Máximo Leonel. "Simplesmente o político que, com sua ousadia e astúcia, conseguiu vencer Hitler e livrar o mundo das garras do nazismo. Um homem grandioso, Winston! Um homem que só mentiria por estratégia, jamais por vaidade."

Winston tentou sorrir, nervoso. O medo o confundia. Aquilo era um elogio ou uma crítica?

"E Alexandre, o Grande?", exclamou o pai, irado, desviando o olhar para o caçula. "O que você, Alex, o queridinho da mamãe, sabe desse conquistador extraordinário que inspirou o seu nome? Na sua idade ele tinha aulas com Aristóteles e em dez anos de batalhas consecutivas conquistou parte da Ásia, a Pérsia inteira e construiu um império! E vocês, o que vocês são? Três meninos mimados, filhinhos de papai acomodados e covardes! Uma completa e acabada decepção."

Máximo fez uma pausa em que o silêncio foi quebrado pelo coaxar de sapos do lado de fora da casa.

"Winston", ele prosseguiu. "Winston, Winston. Veja o problema que você me criou. Eu estava com a Laura em São Paulo, como vocês devem estar sabendo. Temos nos encontrado frequentemente, eu e a puta que o seu irmãozinho aqui desdenhou. Hoje eu cheguei lá no apartamento dela, dei com um monte de velas acesas, ela de camisolinha transparente e coisa e tal, e pensei: 'Hum, aí tem'. Lá pelas tantas ela me disse: 'Eu estou grávida *do* senhor'. Então eu disse que ela era uma mentirosa, pois eu não posso ter filhos, fiz uma vasectomia no hospital Sírio Libanês com os melhores médicos do país. Aí ela confessou que o filho é teu, Winston."

"Meu?"

"*Meu?*", repetiu Máximo, ridicularizando a fala do filho.

"Não pode ser, pai."

"Por que não pode ser? Você comeu ela, está todo mundo sabendo. Usou camisinha? Aposto que não. Já que você não tem responsabilidade, que tenha pelo menos a coragem de admitir seus erros."

"Eu não comi, pai. Juro por Deus."

"O Jarinu viu você entrando na suíte naquela noite."

"Eu não comi ela, pai."

"Você deve ter comentado com o César que comeu ela. Não comentou, César?"

César olhou para os lados, temeroso, hesitante.

"Não comentou, César?"

César concordou e olhou para Winston.

"Eu estava mentindo, pai", disse Winston.

"Mas você entrou na suíte!"

"Entrei, eu queria comer ela, isso é verdade. Mas a Laura não deixou! Não quis, me empurrou, me ameaçou com um caco de vidro, disse que me furava se eu tentasse alguma coisa…"

"Mentiroso! Não mente pra mim. A Laura confessou que você comeu ela."

"O Winston está falando a verdade, pai", disse Alex.

"Olha quem fala! Olha quem fala! Quem te autorizou a abrir a boca? O menino sensível ficou corajoso agora? A tua hora vai chegar, Alexandre, você ainda vai ter que me explicar que vergonha foi aquela, fugir da festa que eu organizei pra você? Pode esperar, nós ainda vamos ter muito tempo pra falar sobre a humilhação que você me fez passar."

"O que está acontecendo?" Cassandra tinha entrado na sala. "O que você está fazendo na minha casa, Máximo?"

"Sua casa? Você pagou por ela?"

"Me respeite."

César começou a chorar e correu para o quarto.

Tentando acalmar o irmão mais velho, Winston foi atrás dele, cantando *"It's been a long time since I rock and roll, It's been a long time since I did the stroll..."*

"Sai já daqui, Máximo! Você não é bem-vindo na minha casa."

"Essa casa não é tua, Cassandra."

Alex correu e abraçou a mãe.

"Eu vou pro Seminário!", ele disse.

"O que você está dizendo, filho?"

"Eu quero ir pro Seminário, eu quero ir embora daqui! Essa não é a minha casa."

"Era o que me faltava...", disse Máximo, "um filho padre."

Então eles ouviram o tiro.

PARTE V

1.

Muitos anos depois, diante do templo onde Buda nasceu no Nepal, Alex ainda se lembraria do cheiro enjoativo das flores no dia do enterro de César Leonel em Assis. Naquela manhã o colégio Diocesano decretara um feriado imprevisto e os alunos ajudaram a engrossar a fila que se formou na rua Humberto de Campos. Pipoqueiros e vendedores de picolé se aglomeravam oferecendo seus produtos, enquanto a multidão aguardava o momento de se despedir de César Leonel, velado na mansão da família.

Havia uma excitação no ar, o suicídio do primogênito gerara uma ansiedade quase jubilosa, o espetáculo da tragédia inesperada. Dentro da casa, em que móveis foram removidos para que o caixão lacrado ocupasse o centro da sala, percebia-se o contraste trágico entre o silêncio de Cassandra e os urros de Máximo, que gania feito cachorro ferido. Mais do que o desespero da família e a excitação das pessoas na fila, o que marcou Alexandre naquele dia foi o odor das flores que cercavam o caixão como a mão que estrangula um pescoço.

* * *

    O tiro que matou o primogênito numa madrugada de outubro de 1974 dilacerou os membros da família Leonel. Enquanto Máximo e Cassandra discutiam na sala, Winston seguiu César até o quarto e testemunhou o irmão mais velho pegar o rifle de caça no armário, enfiar a ponta do cano na boca e apertar o gatilho com o polegar direito. César havia ensaiado muitas vezes, e secretamente, essa complexa manobra, sem que ninguém desconfiasse, o que explica a destreza com que conduziu a operação que consumou sua morte. Quando Máximo, Cassandra e Alex chegaram ao quarto, o cheiro de pólvora se misturava ao de sangue, e nunca mais eles conseguiram se desvencilhar do redemoinho de dor e de culpa em que caíram.

2.

Voltei para casa, consultei o Google.

Em Ezequiel 38,2, encontrei coisas como: *Filho do homem, vire o rosto contra Gogue, da terra de Magogue, o príncipe maior de Meseque e de Tubal, profetize contra ele!* Por mais que eu me esforçasse em encontrar significados ocultos nesses dizeres, eles não me diziam absolutamente nada.

As pesquisas sobre os profetas Amós e Oseias (os únicos pichados em Congonhas do Campo) também não elucidaram muita coisa. Os profetas, como eu já sabia, eram figuras bíblicas, homens recrutados por Deus para vaticinar a palavra sagrada. Tirando o fato de Oseias ter se casado por ordem divina com Gomer, uma prostituta, nada me chamou especialmente a atenção em suas histórias.

Ao anoitecer me dei por vencido e por um triz não capitulei ao desejo de ligar para Ayana.

Ayana.
Sim, eu vivia buscando motivos para ligar para Ayana.

E nunca ligava.

Se ligasse, ela provavelmente diria que estava feliz de ouvir minha voz, perguntaria como eu andava, o que estava fazendo da vida, coisa e tal. Se eu lhe relatasse a história das pichações, ela encararia tudo como um passatempo e se prestaria, animada, a me ajudar a esclarecer as charadas e os enigmas desse caso. E faria isso com a voz aveludada de quem acabou de acordar de um sono de dez horas, com a sensação de que o mundo é um lugar enlouquecidamente divertido. O problema era eu. Se ela demonstrasse alegria e me tratasse como amigo, dando a entender que encontrara *alguém* em Nova York (ah, que pesadelo terrível e previsível), eu desabaria num abismo de sofrimento que duraria meses, chafurdado nos odores de Ayana que ainda pairassem pelo quarto e nas dores eternas da paixão não correspondida.

A inconsequência da alegria de Ayana me aterrorizava.

O que mais me emocionava nela era sua capacidade de dar dimensões inesperadas às atitudes mais corriqueiras. Como quando cheirava uma calcinha para decidir se já era hora de lavá-la. Aquilo me tocava a alma. Ou como quando passava um bom tempo sentada na frente do espelho tecendo tranças em seu longo cabelo e perguntava pra mim: "Se liga numa Penélope de *box braids*?". Aquilo me desmontava.

Abri uma gaveta e revi várias fotos que Ayana fizera em nossa viagem a Minas no encalço do Aleijadinho. Em uma delas, um autorretrato, Ayana estava nua, sentada numa cadeira em frente a um espelho numa pousada em Tiradentes, fotografando-se com as pernas abertas e a cabeça coberta por encantadoras tranças afro que lembravam serpentes.

Guardei as fotos na gaveta, voltei ao computador, eu tinha um enigma a decifrar.

Teclei "Dória" e "Assis" juntos no Google, para ver o que acontecia. Surgiu à minha frente um endereço: avenida Dr.

Dória, na cidade de Assis. Uma rua na Itália chamada Dr. Dória?, me perguntei, olhando a tela com mais atenção. Não seria *Dottore* Doria?

Então lembrei que existia uma cidade chamada Assis no estado de São Paulo. Digitei "avenida Dr. Dória, 382, Assis, SP". A tela revelou a imagem de um edifício antigo de dois andares, o Seminário Diocesano Santo Antônio.

E aqui se pode dizer que eu realmente entrei na história.

3.

Ventava naquela manhã de céu azul e temperatura agradável em que desembarquei na rodoviária. Peguei um táxi e praticamente atravessei a cidade de pouco mais de cem mil habitantes. Ao chegar ao número 382 da avenida Dr. Dória, adentrei uma velha construção de dois andares em evidente estado de má conservação, com uma placa na fachada que parecia estar ali há pelo menos cinquenta anos: Seminário Diocesano Santo Antônio.

No saguão, sentado a uma velha mesa de madeira, mas atento a um Macintosh, um rapaz de óculos fundo de garrafa e com o rosto seriamente castigado pela acne me perguntou: "Pois não?".

Era um ambiente estranho para mim, criado por um pai agnóstico, tendo estudado em escolas laicas e frequentado muito eventualmente sinagogas em celebrações da comunidade judaica. A religião católica sempre me pareceu misteriosa e sobrecarregada de dor, culpa e enigmas.

"Por acaso", eu disse, "tem alguém aqui chamado London?"
"London? Como a capital inglesa?"

"Isso", eu disse sorrindo, numa tentativa de deixar claro que eu também achava aquela uma pergunta idiota.

"Não que eu saiba", ele disse, e por um momento parecia que minha busca ali estava encerrada.

"Esse nome não te diz nada?", insisti.

"Que nome?"

"London."

"A cidade do Peter Pan."

"Você mora aqui no seminário?"

"Sim, sou seminarista."

"Há quanto tempo?"

"Dois anos."

"Talvez algum padre inglês ou americano de sobrenome London tenha vivido aqui antes de você vir pra cá", arrisquei. "Há quantos anos existe este seminário?"

"É muito antigo. Mais de sessenta anos, com certeza. Nunca soube de nenhum padre London. Aqui aparecem padres italianos de vez em quando. O padre Contini viveu aqui por muitos anos, foi ele que inaugurou o seminário, se não me engano. Padres ingleses e americanos eu nunca vi."

"Tem algum padre ou um funcionário antigo que possa me esclarecer isso?", prossegui.

"O monsenhor Carneiro."

"Qual a diferença entre monsenhor e padre?", perguntei.

O seminarista não soube ou não quis me explicar. Talvez tenha achado que eu estava fazendo uma brincadeira. Mas eu não estava, queria mesmo saber qual a diferença entre um título e outro antes de falar com o monsenhor. Precisava entender em que estava me metendo e aquele título, "monsenhor", sugeria uma hierarquia que talvez me tranquilizasse. Eu estava confuso e perplexo por estar lá, como se eu mesmo duvidasse dos meus propósitos.

O rapaz se levantou: "Venha comigo, por favor".

Conduziu-me por corredores vazios até a biblioteca do seminário.

"O monsenhor Carneiro cuida dos livros", disse. "Vive no meio deles."

Entramos numa sala com estantes atulhadas de livros e com algumas mesas e cadeiras espremidas ao longo de uma janela que dava para um jardim com uma fonte. Nas paredes nuas uma foto do papa Francisco se destacava ao lado de um crucifixo de madeira. Não havia ninguém na biblioteca.

"Um instante", disse o rapaz. E saiu por uma porta nos fundos da sala.

Caminhei até a janela e observei a paisagem. No centro da fonte, uma Nossa Senhora parecia me olhar. Para além do jardim, havia um campo de futebol com grama há muito não aparada. Depois, só pastagens, hortas e pomares.

Ouvi alguém tossindo, virei-me e vi o rapaz amparando um velho senhor de batina.

"Monsenhores são padres que recebem esse título como uma honra concedida diretamente pelo santo padre", explicou o velho, apontando a foto do papa na parede. "Uma honraria e um título mundano, nada mais que isso. Pode me chamar de padre." E começou a tossir de novo. Então me olhou fixamente e pareceu se surpreender com alguma coisa na minha fisionomia. Mas rapidamente se recompôs e fez um sinal para o rapaz: "Volte para o seu posto. Eu fico aqui com o sr. ..."

"Davi", eu disse, "Davi Zimmerman", e estendi a mão para cumprimentá-lo.

"Padre Robson Carneiro a seu dispor", ele disse. "E esse é o Josias", e indicou o rapaz.

Assim que Josias saiu da biblioteca, padre Robson puxou uma cadeira e pediu que eu me sentasse.

"Davi Zimmerman. Judeu, suponho", ele disse, sentando ao meu lado com um pouco de dificuldade.

"Não praticante", acrescentei.

"Ateu."

Hesitei um pouco antes de concordar: "De certa forma".

"Eu prefiro ser essa metamorfose ambulante do que ter aquela velha opinião formada sobre tudo", cantarolou, sorrindo.

Sorri também.

O padre apontou para a janela: "Quando o tempo vai virar, meus ossos começam a doer".

"Não tem nenhuma nuvem no céu."

"Amanhã chove. As coisas mudam de repente", afirmou.

Concordei com a cabeça.

"A velhice é uma merda." Ele sorriu de novo.

Sorri de novo.

"E não é uma merda só porque nos doem os ossos. É uma merda principalmente porque a vida começa a ficar previsível."

Era uma bela frase. Eu ainda a usaria num romance.

"London...", ele disse, e ficou me perscrutando, estudando minha reação. "Então você procura o sr. London?"

"Existe algum sr. London?"

"Claro."

Fiquei olhando ansioso para ele, esperando que prosseguisse. O homem era bom na construção de um suspense.

"Quer vê-lo agora ou prefere esperar mais um pouco?"

"O quanto antes, padre. Se o senhor não se importar."

"Não me importo, não me importo."

Ele se levantou com dificuldade. Ofereci o braço para ampará-lo e ele aceitou. Depois levou aos olhos os óculos que trazia pendurados no pescoço por um cordão dourado.

Saímos andando de braços dados.

O cheiro do padre se confundia com o cheiro do papel amarelado dos livros velhos. Imaginei que as traças que corroíam os livros também eram as responsáveis pelo desgaste da batina do monsenhor. Caminhamos entre estantes da biblioteca. Ele olhava a lombada dos livros com atenção, resmungando palavras ininteligíveis. De repente parou e tirou um livro da estante: *De vagões e vagabundos*, de Jack London.

"Aqui está", e me entregou o livro. "O sr. London."

Aquilo devia ser uma brincadeira. Pode-se esperar qualquer coisa de um padre que cantarola Raul Seixas. O padre Robson me encarava sério, como se para reforçar que não se tratava de uma piada.

"Desculpe", eu disse. "Minha ideia ao vir aqui não era ver um livro do Jack London."

"Talvez quem você procura esteja por trás desse livro."

Perguntei-me o quanto ele confiava naquele *talvez*. Folheei rapidamente as páginas em busca de alguma dedicatória ou anotação, não encontrei nada.

"Vou ler um livro à procura de uma charada?", perguntei, devolvendo o romance de Jack London ao padre. "Para tentar encontrar alguém que nem sei quem é? Não acho que seja o caso."

"Por que não me conta o que te trouxe aqui atrás do sr. London?"

Voltamos à mesa e relatei tudo ao padre Robson: as pichações, as coincidências com meu nome e com o título do meu livro, a viagem a Minas para conversar com a delegada responsável pelo caso e meu atordoamento com a situação toda. Depois tirei da mochila um exemplar do A *abertura do Quinto Selo* e entreguei a ele, que folheou o livro de olhos arregalados, visivelmente nervoso.

"Espero que você esteja com tempo para ouvir o que *eu* tenho para lhe contar", disse. "Aceita um café?"

4.

Nos dias que se seguiram à morte de César, o fazendeiro tentou manter a objetividade. Logo depois das exéquias, entre as missas de sétimo dia e a de um mês, Máximo ordenou que preparassem seu turbo-hélice para um voo a São Paulo.

No trajeto, olhando as nuvens a seu lado — e talvez se sentindo de alguma forma mais próximo do filho morto —, Máximo Leonel refletiu pela primeira vez com alguma serenidade sobre os acontecimentos recentes. Sua separação de Cassandra era algo consumado, faltava apenas acertar os detalhes do desquite. Máximo não se preocupava mais com isso, não se importava com Cassandra. Mesmo que a Justiça determinasse que ele cedesse metade de seus bens à ex-mulher, ele não se incomodaria. A morte do filho o anestesiara das questões mundanas. A gravidez de Laura já não o irritava como na madrugada em que desancou os filhos e acabou por desencadear o destino trágico de César.

Não que se sentisse culpado.

O suicídio de seu primogênito só podia ser fruto de uma maldição que estava além de Máximo Leonel, no limbo em que chafurdam os perdedores: o filho era fraco e covarde. Mas essa convicção também não amenizava a dor que parecia comprimir seu peito e apertar seu cérebro com a força de um torno mecânico.

A gravidez de Laura adquirira agora outro significado.

De uma forma que ele mal compreendia mas que intuía vagamente, o filho de Winston e Laura talvez fosse bem-vindo como uma compensação cósmica pela perda de seu primogênito.

Um neto, pensou. Por que não?

Seria um homem, claro.

E Máximo Leonel imploraria (ou ordenaria, caso súplicas não funcionassem) que Laura o batizasse de César Renato, em homenagem ao filho morto.

O turbo-hélice aterrissou no Campo de Marte com um baque ruidoso.

Máximo foi direto para o apartamento de Laura. Abriu a porta e não estranhou que não houvesse ninguém ali. Ele não avisara Laura de sua chegada e supôs que ela fosse retornar em algum momento para casa.

Ele esperaria, não estava com pressa e não tinha compromissos na cidade.

Abriu a geladeira, pegou uma lata de Skol.

Caminhou pelo apartamento bebendo a cerveja. Havia algo de lúgubre ali, o apartamento parecia ter sido abandonado repentinamente. Máximo andou pelos quartos e viu uma foto de Laércio, o irmão gêmeo de Laura, posando nu e maquiado como um fauno psicodélico. Laura e Laércio eram idênticos. Havia um livro de fotografias artísticas sobre uma mesa de cabeceira num dos quartos. Laércio aparecia na capa, sorrindo com os olhos vermelhos de um drogado. Era um cara bonito, pensou. Apesar de bicha e provavelmente toxicômano. Aquele sujeito esquisito seria o tio de César Renato. De alguma maneira Máximo estava acolhendo os dois extravagantes irmãos gêmeos em sua família.

Uma puta malandra e um veado drogado.

A vida era estranha, impunha condições inesperadas e mudanças abruptas de direção, ele constatou. Assim funcionava a engrenagem, tanto nos negócios como nas relações pessoais. Era preciso saber se adaptar. E se readaptar. E se desadaptar.

Era também a grande lição da soja: um grão minúsculo e insosso podia se transformar em qualquer coisa que se desejasse.

Um grão mágico?

Laura nunca contara a Máximo, com detalhes, sua história pregressa, nem ele se interessara pela vida dela. Sabia que os gêmeos tinham nascido em Santos e enfrentado dificuldades de toda ordem. Nunca conheceram o pai, e a mãe era uma puta de esquina ou uma cafetina chinfrim, ele não se lembrava direito. Provavelmente as duas coisas.

Os gêmeos cresceram numa pensão de quinta categoria, de propriedade da mãe, passaram por privações e abusos na infância, mas conseguiram mudar seu destino. O que determinou a boa fortuna tardia dos gêmeos foi a beleza extraordinária deles. Eram muito bonitos, de uma beleza instigante e fora de série.

De uma beleza, sem exagero, terrível.

Sorte ou azar?

O tempo diria.

A história de Laura e Laércio parecia um conto de fadas x-rated. A equipe de refinadas pesquisadoras montada pela cafetina Selma, da La Licorne, descobriu a lolita magnética da Baixada Santista e a carregou para o *grand monde* da prostituição de São Paulo.

Laércio, por sua vez, despertou a paixão de um fotógrafo argelino em Santos, e agora passava a maior parte do tempo desfilando e fotografando na Europa.

A mãe deles, cujo nome Máximo não sabia, era uma mulher ressentida e amarga, segundo Laura. Ela acreditava que os gêmeos eram portadores de alguma maldição, mas não deixava de pedir dinheiro a eles sempre que os encontrava.

Essa seria uma das avós de seu neto, pensou Máximo.

Mas nada disso importava agora. Todos os esforços de conviver com essa gente esquisita seriam recompensados pela existência de um filho de Winston, que representaria a redenção de César, seu primogênito morto.

Embora Máximo Leonel não acreditasse em espiritismo ou reencarnação de almas, sabia que aquela configuração genética haveria, de alguma forma, de redimi-lo da culpa que começava a se apossar de seu organismo como uma doença degenerativa lenta, progressiva e implacável.

Máximo despertou com um espasmo no sofá da sala do apartamento de Laura. Por um momento não se lembrou de onde estava. A lata de Skol jazia largada no chão. Anoitecera, os brilhos noturnos da metrópole invadiam a sala, formando sombras ameaçadoras no chão. Ele acendeu o abajur. O apartamento lhe pareceu mais desolado do que antes. Levantou, se recompôs. Teve certeza de que Laura não apareceria. Nem ela nem Laércio.

Não fora ele mesmo, Máximo Leonel, que a tratara de modo grosseiro e exigira que ela se desvencilhasse daquela gravidez na última vez que estiveram juntos?

Como esperar que Laura, depois disso, tivesse segurança e tranquilidade para retornar ao calor de seu lar?

As ameaças provavelmente a tinham espantado para longe.

Ou feito com que ela se submetesse a um aborto.

Máximo experimentou uma inédita sensação de impotência e desespero. Desde que o filho morrera, certezas começavam a drenar de seu corpo. O fazendeiro juntou suas coisas e saiu.

5.

Alexandre, confirmando o desejo externado aos pais pouco antes do suicídio de César, matriculou-se em um seminário. Depois de algum tempo dedicado a estudos com os quais não estava acostumado, mesmo exausto após as aulas Alex se debatia com dificuldades para dormir. Desde que o irmão se suicidara, Alex sofria de uma insônia persistente, que lhe infligia um sono entrecortado, impedindo-o de dormir por mais de três horas seguidas. Foi numa manhã, ainda ao nascer do sol, que Alex notou pela janela do dormitório a presença de uma moça na fonte. A impressão foi a de experimentar uma visão mágica ou uma alucinação.

Desde que se internara no seminário, Alex não tivera mais contato com mulheres, a não ser pelas visitas esporádicas da mãe e pela presença de uma ou outra funcionária da limpeza ou da cozinha. Fora isso, via de relance algumas moças nos fins de semana em que ia para casa, mas das quais se mantinha distante pelas obrigações do celibato. Ao se deparar com aquela jovem sentada à beira da fonte, soprando baixinho uma flauta doce na direção do sol nascente, Alex se surpreendeu e teve certeza de que uma visão mística o acometia, como as tantas de que ouvia falar nas aulas, que narravam as alucinações dos santos. Mas logo percebeu que, real ou imaginária, aquela visão não lhe proporcionava êxtases religiosos ou místicos, e sim as reações normais que muitos adolescentes sentem ao ver uma menina bonita: aceleração dos batimentos cardíacos, uma inusitada ternura e uma incômoda ereção.

Aquela, definitivamente, não era a reação de um santo.

Por dias a cena se repetiu: Alex despertava ao amanhecer incomodado por pesadelos e torturado pela insônia, ajoelhava-se na cama, olhava pela janela e via a menina soprando a flauta sentada na amurada da fonte, contemplando o nascer do sol.

Com o passar do tempo, acostumou-se a essa visão e ao som delicado das notas de "Jesus, alegria dos homens" que a jovem fazia soar pelo vento matinal. Alex começou a esperar ansiosamente por esse momento do dia, enquanto as horas se arrastavam por aulas de latim, missas e pelas orações que antecediam as refeições no grande refeitório do seminário.

Certa manhã, quando despertou ansioso e olhou para a fonte, não viu a garota. Era uma manhã fria e chuvosa de vento forte, e Alex, apesar da profunda decepção, preferiu acreditar que a chuva e o frio haviam espantado a flautista e que quando o tempo melhorasse ela retornaria a seu hábito matinal.

Mas não foi assim que aconteceu.

Os dias se passaram, dias de sol, dias de céus exuberantes e do mais profundo azul, dias sem nuvens, sem que a jovem da flauta doce reaparecesse, a sisuda e solitária imagem de Nossa Senhora inerte no centro da fonte imprimindo em Alex a extensão de seu próprio desamparo. Foram tempos em que cogitou fugir do seminário e voltar a subir clandestinamente em trens em movimento, mas até para isso lhe faltava motivação.

Sentia-se vazio, apático.

Percebendo a tristeza do garoto e sem saber a razão daquela inesperada mudança de humor, padre Robson telefonou para Tércio Spazzini, o avô de Alexandre, pedindo que fosse até o seminário conversar com o neto.

Tércio foi visitar Alex no mesmo dia, logo depois do almoço. Como sempre, chegou com um livro. Alex estava com outros seminaristas na sala de TV, onde podiam ficar por algum tempo após o almoço. A TV exibia uma matéria sobre pragas em lavouras num noticiário regional.

"Olha o que eu trouxe pra você", disse Tércio assim que o neto se aproximou. Alex pegou a edição de *Sidarta*, de Herman Hesse, que Tércio lhe estendia e beijou o avô.

"Foi o padre Robson que chamou o senhor?"

"Podemos conversar num lugar mais reservado?"

Eles caminharam até a fonte.

Alguns rapazes jogavam peteca a uma boa distância. Tércio e Alexandre se sentaram na amurada da fonte sob o olhar gélido da Nossa Senhora.

"O Robson me falou que você anda triste, quieto. Você estava tão animado no começo! Está com saudades do César?"

"Eu não sofro só de saudades. Sofro de culpa."

"Ninguém tem culpa pelo que aconteceu."

"Não é só isso. Acho que eu não tenho vocação para padre."

"Não posso dizer que fico triste com essa notícia", disse Tércio. "Nunca achei que você tivesse vocação para a vida religiosa, Alexandre. É uma vida estranha, sacrificante e, na minha opinião, incompleta. O que te fez perceber isso? As aulas?"

"Não. Foi uma garota que eu vi da janela do meu quarto."

Ele apontou a janela. "Ela vinha aqui nesta fonte todo dia de manhã e ficava tocando flauta. Bem aqui onde estamos sentados."

Tércio sorriu: "E você se apaixonou".

"Acho que sim."

"O amor é o único milagre! Por que você está triste? Devia estar alegre, comemorando o amor! Vamos embora daqui agora mesmo."

"O senhor não entendeu. Eu me apaixonei, mas ela sumiu. Nunca mais apareceu, faz mais de duas semanas."

"Duas semanas é muito pouco tempo para você chamar de 'nunca mais'."

Alex não disse nada.

"Mas você é jovem, eu entendo."

Alex permaneceu em silêncio.

"Você não está sofrendo porque percebeu que não tem vocação para a vida religiosa; está sofrendo de saudades da moça."

Silêncio.

"Você não quer ir embora; você quer que ela volte."

Alex assentiu com um movimento da cabeça.

"Vocês conversaram?"

"Nunca."

"Ela nem sabe que você existe…"

"Acho que não sabe."

"Então não foi por sua causa que ela sumiu."

"Espero que não."

"Uma vez você também sumiu sem razão, lembra?"

"O que eu devo fazer?"

"Além de ler *Sidarta*, faça o que vou lhe dizer."

"O quê?"

"É segredo, ninguém pode saber. Só nós dois."

"Fala, vô."

"Vamos sair daqui. Essa Nossa Senhora parece ouvir o que estamos falando."

Eles se afastaram da fonte. Alguns seminaristas que jogavam peteca gritaram, comemorando o fim do jogo.

6.

Ele chegou cedo ao casarão vermelho em que funcionava a La Licorne. Algumas moças já espalhavam seu perfume pelo ambiente, mas ainda havia poucos clientes. O perfume delas e o cheiro perene de cigarro pareciam se amalgamar no peito de Máximo, dando forma a uma melancolia corrosiva.

O fazendeiro foi recebido com deferência e com um sutil nervosismo pelo maître Reginaldo, que exalava um aroma de hortelã pela boca: "Seu Máximo, que honra! O senhor chegou cedo hoje. Quer uma mesa ou prefere ir para o bar?".

"Cadê a Laura?"

"A Laura não tem aparecido. Acho que está de férias, mas estou com umas moças novas deli..."

Máximo não deixou que o maître terminasse a frase: "Cadê a Selma?".

"O senhor pode aguardar um momento?", disse Reginaldo.

Máximo foi até o bar e pediu um uísque. Selma Figueira tinha tanto poder que o barão da soja, mesmo ansioso, não se importou de aguardar pacientemente por ela. Selma era a principal cafetina da casa, mulher que tinha iniciado a carreira como prostituta em Londrina e se tornara a agente de prostituição mais poderosa e influente do país, confidente de governantes, militares, empresários e ministros.

O barman serviu ao fazendeiro uma dose de uísque e falou alguma coisa que Máximo não registrou. Pegou o copo e caminhou até uma mesa em que três moças conversavam. Percebendo a aproximação do fazendeiro, elas o convidaram a sentar, mas Máximo recusou o convite.

"Vocês sabem da Laura?", perguntou sem preâmbulos, ao seu estilo.

"Viajando, eu acho", disse uma delas.

"Faz uns dias que não aparece", acrescentou outra.

"Já pegou a senha?", perguntou a terceira moça. "O senhor é o quarto homem que apareceu atrás dela hoje. O seu Jacó, o seu Salim e aquele menino... como é o nome dele mesmo? O playboy sobrinho do ministro."

"Falcãozinho", disse a outra.

"Senta com a gente."

O fazendeiro não teve tempo (nem teria tido a preocupação) de responder, porque Reginaldo ressurgiu.

"Seu Máximo, a dona Selma vai receber o senhor. Me acompanhe, por favor."

A sala de Selma Figueira era decorada à semelhança dos camarins do Moulin Rouge, em Paris. As paredes exibiam reproduções de pinturas de Toulouse-Lautrec retratando o famoso cabaré parisiense. Se Máximo Leonel normalmente já não notava detalhes como esses, naquele momento eles eram invisíveis para o fazendeiro.

"Máximo, eu soube da tragédia com seu filho", disse Selma, expressando um pesar sincero. "Sinto muito."

A ocasião não permitia perder tempo com condolências e regras de etiqueta, e Máximo foi direto ao ponto: "Cadê a Laura?".

"Por que tanto alvoroço? Todo mundo atrás da Laura?"

"A fenda encantada. Onde ela está?", insistiu Máximo.

"Não sei."

"Claro que sabe."

"Por que eu iria esconder essa informação de você?"

"Para proteger a Laura."

"Proteger de quê?"

"Não se faça de sonsa. Você sabe que ela engravidou de um dos meus filhos."

"O boato é que ela engravidou de *você*."

"Eu não posso engravidar ninguém, sou vasectomizado. Por que você está protegendo a moça?"

"Por que eu privilegiaria uma funcionária em detrimento de um dos meus melhores clientes?"

"Por quê?" Máximo tirou o talão de cheques do bolso da calça e o largou sobre a mesa. "Também me faço a mesma pergunta."

"Digamos que eu tenha uma ideia de onde ela pode ter ido", disse Selma.

"Digamos...", concordou o fazendeiro, sentando-se e começando a preencher um cheque.

7.

A melodia de Bach despertou Alex de um pesadelo.

Ele desceu imediatamente e caminhou até a fonte. Essa era a primeira instrução que seu avô lhe dera em segredo.

Quando Alex se aproximou, a jovem parou de tocar a flauta e sorriu. O olhar da Nossa Senhora pareceu mais benevolente a Alexandre.

"Finalmente", disse a garota.

"O quê?"

"Você desceu."

"Você já me conhecia?"

"De vista. Percebi você me olhando da janela."

"Por que você sumiu por tanto tempo?"

"Sentiu minha falta?"

"Senti, sim."

Ela soprou a flauta, mirando Alex com um olhar malicioso: "Precisei passar uns dias fora".

"Você também sentiu minha falta?", perguntou Alex.

"Falta de quê? Eu só via um chumaço de cabelo me espreitando da janela…"

Alexandre ficou quieto, desconcertado.

"Como é o teu nome?", ela perguntou.

"Alex."

"Lívia."

"Você é carioca?"

"O sotaque não engana, né? Por que todo mundo fica tão ouriçado quando sabe que sou carioca?"

"Porque ninguém sai do Rio de Janeiro pra vir pra este fim de mundo."

"Ué, com quinze anos ninguém tem vida própria, você vai pra onde teus pais te carregam. Não é assim com você?"

Alex concordou.

"No meu caso, tive que vir pra onde minha mãe me trouxe", ela prosseguiu. "Precisamos sair do Rio meio que de repente."

"E o teu pai?"

"Sumiu."

"Sumiu?"

"Sumiu."

Alexandre sorriu pela primeira vez em muitos dias. "Eu também já sumi uma vez. E você também, Lívia. Às vezes as pessoas somem, mas depois reaparecem, graças a Deus."

"Você quer ser padre?", ela perguntou.

"Não."

"Sinto falta do mar", ela disse. "Lá no Rio eu ia todo dia bem cedinho tocar flauta na praia."

"Eu não sei como é sentir falta de alguma coisa que eu só vi poucas vezes na vida."

"Bonito isso", ela disse. "Sentir falta de uma coisa que a gente não conhece bem. Mas eu não sinto falta de Deus."

"Você sente falta do teu pai?", perguntou Alex.

Lívia não respondeu.

"Eu senti falta do som da flauta", ele disse.

"Assim você me deixa sem graça. Qual é a boa, Alex? Eu estou achando esta cidade meio devagar."

"Ir embora", ele disse, como sugerira o avô na sua segunda instrução secreta. A presença de Lívia quase o fez se esquecer das recomendações de Tércio.

"Ir embora do seminário ou ir embora da cidade?"

"Do seminário."

"Tá certo", disse Lívia. "Uma coisa de cada vez. Gostei do teu jeito, Alex. Você parece um carinha organizado, apesar de meio maluquinho. E depois?"

"Depois o quê?"

"O que a gente faz depois de você ir embora do seminário?", perguntou Lívia.

Alex sorriu e sentiu seu coração se expandir no peito como se fosse explodir.

8.

Winston entrou no quarto da mãe dizendo que tinha um convite a fazer. Cassandra demorava a acordar, sob efeito dos remédios que ingeria para dormir. Ela fez um muxoxo: "Oi?".
"Acorda, dona Cassandra!"
Cassandra se ergueu um pouco na cama, apoiou-se nos travesseiros e mirou o filho com o olhar embaçado. A luz que entrava pela janela fez Winston notar a pele macilenta da mãe.
"A dona Lourdes conhece uma médium que disse que o César está querendo se comunicar com a senhora."
"Dona Lourdes?"
"A mãe do Donizetti. Acorda, mãe!"
"Eles são espíritas, Winston. Eu sou católica, não acredito nessas coisas."
"Que certezas a senhora ainda pode ter depois de tudo o que aconteceu?"
"Não são certezas. Ai de mim. Antes eu ainda tivesse certeza de alguma coisa. Mal consigo sair desta cama. Você disse que tinha um convite pra me fazer."

"Vamos pra Uberaba?"

"Fazer o quê?"

"Visitar o Chico Xavier. Ouvir o que o César está querendo dizer pra senhora."

Cassandra ficou em silêncio olhando o filho com uma expressão indefinida.

"Acho que não."

"Como não? Não faria isso por mim? Estou te pedindo. Te convidando, mãe!"

"Eu não vou entrar no avião do teu pai", ela disse.

"Nós vamos de carro", disse Winston. "No seu carro."

"Não vou viajar com o Jarinu pra lugar nenhum."

"Que Jarinu? Vou dirigir, enquanto a senhora vai olhando a paisagem, se distraindo..."

Um sorriso quase imperceptível se esboçou no rosto pálido de Cassandra. "Vou pensar, Winston. Vou pensar. Agora me deixa dormir mais um pouco."

A possibilidade de comunicação com seu filho morto, apesar de improvável, era irresistível. Mas quem tinha uma necessidade vital de se comunicar com a mãe era um de seus filhos vivos. Mas isso Cassandra só iria descobrir alguns dias depois do convite de Winston, na estrada, quando os dois já estavam a caminho de Uberaba.

"A senhora também achou que eu estava mentindo, né?"

"Mentindo sobre o quê, filho?"

"Quando eu disse pro pai que não tinha... feito sexo com a Laura."

"Por favor, Winston, não chama essa moça pelo nome. Fica parecendo que existe uma intimidade entre vocês ou, pior, entre *nós*. Como se ela fosse da nossa família."

"Quer que eu chame ela de quê? De prostituta?"

"Prostituta é pesado, fica parecendo que eu quero recriminar a moça e, sinceramente, eu não recrimino ela."

"O.k., mãe. Eu não fiz sexo com a *moça*."

"Jura por Deus?"

"Por Deus, pelo César, pela senhora e por quem mais a senhora quiser que eu jure. Eu não transei com ela, mãe! Por que ninguém acredita em mim?"

"Lembra da história do Pedro e o Lobo?"

"Mãe, eu menti pro César, eu sei. Tenho vergonha de ter mentido, me arrependo. Queria poder voltar no tempo e não ter inventado pra ele que eu tinha transado com ela! Me sinto culpado."

"O culpado é teu pai. Só ele. Mais ninguém. Você não tem culpa nenhuma, Winston."

"Mas a senhora acredita em mim?"

"Claro que acredito! Se você está falando que não fez sexo com ela, eu acredito. E, afinal, qual o problema de você ter contado uma mentirinha para o César? A não ser pelo fato de você ter escolhido mentir, e não se deve nunca mentir, você sabe, quem nunca mentiu de vez em quando por orgulho ou vaidade?"

Ficaram em silêncio por alguns quilômetros.

"Winston?", disse Cassandra.

"Oi."

"Você tem certeza de que não transou mesmo com a moça?"

"Claro que tenho, mãe! Tá vendo como ninguém acredita em mim? Nem a senhora."

"Não é isso, filho. Eu acredito. É que às vezes escondemos coisas de nós mesmos sem perceber."

"Eu não. Eu não iria esconder nada depois de tudo que aconteceu."

Passaram mais alguns quilômetros calados.

"E essa vasectomia do pai?", perguntou Winston.
"O que tem?"
"Não pode ter falhado?"
"Acho que não. Eu já teria engravidado."
"Desculpe falar esses assuntos com a senhora."
"Tudo certo."
"É que o pai está atrás da moça. Primeiro ele falou pra ela tirar a criança, agora quer que ela tenha o filho, pois acha que o filho é meu e que ele vai ser uma espécie de reencarnação do César."
"Teu pai está louco. Reencarnação? O Máximo nunca foi espírita, não acredita em reencarnação. Aliás nem católico ele é. Só acredita em dinheiro."
"Acreditava, mãe. O velho anda estranho. A morte do César abalou ele de um jeito muito forte. Nunca vi o pai assim."
"É a culpa. Espero que ele sofra muito por nunca ter me ouvido e deixado aquele rifle de caça dentro do armário."
"Não sei, estou preocupado com ele. Essa moça está querendo dar um golpe no pai com essa história de que o filho é meu."
"Não se preocupe. É claro que o Máximo vai contratar o melhor advogado do Brasil e acabar fazendo um acordo com essa aí. Se é que ainda não vai dar um jeito de processar a moça e levar algum dinheiro dela."
"Não quero ser obrigado a casar com ela, mãe."
"Você não corre esse risco. Teu pai pode até querer que essa criança nasça, mas nunca permitiria que você se casasse com uma perdida."
"O papai não acredita em mim."
"Máximo Leonel não acredita em ninguém, só nele mesmo. O filho não é teu, portanto pode ficar com a consciência tranquila. O problema agora é da moça. Me deixa dormir um pouco, filho, me deu um sono…"

* * *

Logo que chegaram a Uberaba, Cassandra e Winston foram primeiro ao Centro Comunhão Espírita Cristã se informar o que era preciso fazer para receberem uma mensagem de César. Multidões se aglomeravam em busca de mensagens de seus parentes mortos, e Cassandra se espantou com o número imenso de mães e pais que haviam perdido seus filhos e que iam até lá em busca de consolo espiritual. Pessoas que passavam pela mesma dor que a dela. De certa maneira, isso a confortou. Cassandra e Winston preencheram uma ficha com algumas informações básicas sobre o "ente desencarnado" e foram instruídos a voltar nos dias seguintes para quem sabe receber alguma mensagem psicografada por Chico Xavier.

Eles se hospedaram no Grande Hotel de Uberaba, onde, no andar térreo, funcionava um cinema. Na primeira noite dormiram cedo, cansados da viagem.

Passaram o dia seguinte no centro espírita e ainda assim não receberam nenhuma mensagem de César. Estranharam o aspecto do médium, escondido atrás de enormes óculos escuros, de uma peruca vagabunda e de um boné de caçador, como se usasse um disfarce. Ouviram muitas de suas palavras, transmitidas com uma voz fina e envolvente.

"Esse cara parece um extraterrestre", disse Winston.

"E talvez seja", concordou Cassandra.

9.

A pensão Verdes Mares — um prédio antigo de três pisos — ficava na rua Carlos Gomes, numa região decadente da área do porto de Santos. Na recepção de paredes descascadas, Máximo Leonel perguntou a um rapaz que lhe pareceu afeminado se Laura Yerevan estava ali.

Antes que o rapaz respondesse, Máximo ouviu a voz grave de uma fumante compulsiva ecoando pelo ambiente: "A Laura aqui?".

A voz de tom irônico se personificou em Liana Yerevan, que surgiu ruidosa, vinda de um corredor.

"O último lugar em que alguém encontraria a Laura é aqui! Quem está procurando a Laura?"

Máximo Leonel se apresentou.

"A senhora é a mãe dela?"

"Sou, e se você conhecesse a Laura saberia que não é aqui que alguém vai encontrar a minha filha ingrata. E nada de me chamar de 'senhora', capitão! Me envelhece e me desvaloriza."

Liana tinha o aspecto de uma velha hippie drogada, pele seca e enrugada, ou de uma cigana desiludida, conforme o ângulo em que a luz do sol incidisse sobre ela. Algumas tatuagens rudimentares despontavam de seus braços descarnados, como as feitas nas penitenciárias. Máximo conseguiu vislumbrar nela uma serpente com traços femininos e um coração atravessado por um punhal.

"Eu conheço a Laura", disse Máximo. "E ela me falou muito bem de você."

"Imagino. Deve ter falado maravilhas. Quer o que com a minha filha?"

"Tenho uns negócios pra tratar com ela."

"Foda mudou de nome?"

"Sexo não é a razão da minha busca."

"Imagino. Deve estar interessado nos conhecimentos dela sobre geografia..."

"Fui ao apartamento dela na avenida Paulista, mas ela não estava. Na La Licorne me informaram que tirou férias e que não aparece lá há um bom tempo."

"E você acreditou? Desde quando puta tira férias? Vem, vamos conversar ali no bar."

O ambiente contíguo à recepção da pensão Verdes Mares era um misto de restaurante e bar. Àquela hora, por volta de dez da manhã, era possível encontrar clientes ainda bebendo seu uísque Vat 69 para finalizar a noitada e hóspedes iniciando o dia com um frugal desjejum de pão duro, manteiga rançosa e café amargo com leite ralo.

Liana e Máximo sentaram-se a uma mesa.

"Quer um café? Ou prefere uísque? Aqui tem pra todo gosto."

Máximo achou Liana uma mulher desagradável, porém era possível, com muito esforço, vislumbrar no fundo de seu rosto encarquilhado algo da beleza e do frescor de Laura e Laércio.

"Só um café."

Liana fez um sinal para que o rapaz que servia de barman e

garçom trouxesse um café. Aos olhos de Máximo, o rapaz do bar também pareceu afeminado, como o da recepção. Além de abrigar putas, seria aquela pensão um antro de veados?

"E eu vou de cigarro mesmo", disse Liana, enquanto acendia um Minister, certamente não o primeiro do dia. "Você é um cliente saudoso, é isso?", ela prosseguiu, soltando a fumaça do cigarro na direção do rosto de Máximo. "Um romântico."

"Isso."

"Fissurado?", perguntou com um sorriso irônico.

"Não entendo o que você quer dizer."

"Ingênuo então. Como descobriu que eu moro aqui?"

O rapaz serviu o café de Máximo: "Açúcar ou adoçante?".

"Adoçante", disse o fazendeiro. Dirigiu-se a Liana: "Tenho meus contatos".

"Contatos furados no que tem a ver com a Laura e o Laércio. Eles têm vergonha disto aqui."

"Vergonha da pensão?"

"Vergonha de tudo. De mim, da pensão, dos hóspedes, dos funcionários, dos clientes, da cidade e do caralho. Foram paridos e criados aqui dentro, mas cospem no prato em que comeram. Têm vergonha do passado deles. Na verdade, têm vergonha deles mesmos."

Máximo não conseguiu recriminar os gêmeos por isso.

"A pensão está precisando mesmo de uns reparos", ele disse.

"O que a pensão precisa ou deixa de precisar é problema meu, capitão. Deixa eu te dizer uma coisa: a Laura não aparece aqui quase nunca e, quando aparece, eu mesma trato de fazer a vagaba zarpar rapidinho."

"E o Laércio?"

"O que tem o Laércio? Você é cliente do invertido também?"

"Claro que não, dona. Tá querendo me gozar?"

"Deixa de ser preconceituoso! Você precisa ser mais prafrentex, sabe como é?", e riu, descortinando o mau estado de seus dentes. "Você é macho mesmo? Olha que o meu filho faz uma chupeta de dar inveja em muita mulher..."

"Eu queria saber se ele pode me dizer onde anda a Laura."

"Ah, ele pode, com certeza. Pode, sim. Claro que pode. Eles se comunicam por telepatia, sabia? Um lê os pensamentos do outro. São místicos."

Máximo observava aquela mulher desagradável, que parecia soltar fumaça pelos sete orifícios da cabeça. Deu um gole no café.

"Os gêmeos são lindos, bem-sucedidos, ricos e telepatas. Eu devia ser uma mãe feliz e satisfeita, certo? Podia levar eles no programa do Sílvio Santos e ganhar um cascalho, né? Não podia?"

Máximo Leonel não sentia a menor vontade de entrar nesse tipo de conversa.

"Pois é", prosseguiu Liana. "Mas não. Eles são amaldiçoados. Me dão azar. Alguma coisa saiu errada na química deles. O pai era um canalha, como todos os homens. Não confio nos homens, principalmente nos italianos. E, de todos os homens, não existe nenhum pior do que um marinheiro italiano."

"Tudo bem, dona. Me diz onde eu posso encontrar o Laércio."

"Na Itália. Ou na França. Inglaterra, Grécia. Em qualquer lugar cheio de bichas-loucas dançando."

Máximo olhou para os lados, aquela espelunca estava caindo aos pedaços. Tentou um último lance: tirou o talão de cheques do bolso e o lançou ruidosamente sobre a mesa.

"A senhora não tem nada melhor pra me dizer? Este lugar tá precisando de uma boa reforma, e a senhora também está precisando de alguns cuidados. Dentista, cabeleireiro. Vamos fazer um trato."

"Seu grosso! Logo agora que eu ia te propor um programa..."

"Eu falo sério, e estou com pressa, dona."

"Quer que eu minta? Eu posso inventar um endereço qualquer e embolsar a tua grana."

"Não, eu não quero."

"Então deixa teu telefone. Quando eu tiver alguma coisa pra te dizer, eu dou um alô. A cobrar."

Máximo entregou um cartão para Liana e, por garantia, preencheu um cheque. Ela guardou o cheque sem olhar o valor. Depois acompanhou o fazendeiro até o táxi especial que o aguardava na porta da Verdes Mares.

10.

Cassandra e Winston aguardavam na imensa fila do Centro Comunhão Espírita Cristã uma possível mensagem de César, psicografada por Chico Xavier, o médium que lembrava a eles um extraterrestre.

Foi com um sopro de surpresa que ouviram de repente, no meio da multidão, o homem dizer ao microfone, com voz suave: "Irmãos Cassandra Spazzini Leonel e Winston Leonel, transmito a vocês a mensagem de seu ente desencarnado César Leonel".

Cassandra e Winston se emocionaram e sentiram a opressão do silêncio em volta, como se o tempo tivesse parado por alguns instantes e os comprimisse num vácuo.

Deram-se as mãos.

"*Mãezinha querida*", disse o médium, com a prosódia de um anjo, as supostas palavras que César enviava do além, "*não se preocupe comigo. Sei que causei a todos, com a minha atitude, muita dor e sofrimento. Mas o vovô Leonel está aqui me ajudando, me ensinando que é possível ser feliz depois da morte e ajudar as* pessoas, como ele está me ajudando. Mande beijos para o papai e diga para meus irmãos não ficarem grilados, pois estou feliz e olhando por todos vocês. Continuem me enviando preces e orações, pois elas muito me ajudam e confortam."

E foi tudo.

No dia seguinte, Cassandra e Winston pegaram a estrada no Galaxie branco de Cassandra, de volta para Assis.

"Eu não me conformo", disse Winston enquanto dirigia. "César não falou nada sobre o Led Zeppelin."

"O Chico Xavier não deve conhecer o Led Zeppelin", disse Cassandra.

"Não importa. O César conhece."

"Conhecia."

"*Diga para meus irmão não ficarem grilados?* O César não fala assim!"

"Não *falava*."

"Ele ia dizer pra mim: *Hey, hey baby, when you walk that way, watch your honey drip, I can't keep away!*"

"Não era ele, Winston."

Winston olhou para a mãe. Ela parecia prestes a chorar.

"Para o carro, filho." Winston parou no acostamento, ligou o pisca-alerta.

Cassandra abriu a porta e saiu.

Winston achou que ela queria vomitar. Cassandra tirou seu maço de Charm da bolsa, acendeu um cigarro e ficou fumando parada ao lado do Galaxie, olhando para um descampado. Cruzou os braços à frente do peito, como se quisesse abraçar a si mesma. Winston saiu do carro e se aproximou da mãe.

"Quer?", ela ofereceu o cigarro para o filho.

Ele fez que não com a cabeça.

"Winston", ela disse, abraçando-o. "Eu não gostava do seu nome, sabia? Me perdoa. Eu achava Winston um nome cafona, mas era só implicância com seu pai."

"Tudo bem, mãe. Não tem problema."

"Claro que tem problema. Me perdoa, filho. Quero que você saiba que eu te amo e que acho Winston o nome mais lindo do mundo."

"Eu sei, mãe. Eu sei. Não precisa pedir perdão."

Os dois permaneceram um tempo abraçados em silêncio. Winston pegou o cigarro da mãe e deu uma tragada. Eles continuaram em silêncio, dividindo o cigarro até que se apagasse.

11.

Liana Yerevan bateu três vezes na porta do quarto 302, toc, toc, toc, como em código.

Laura abriu a porta com os olhos arregalados.

"Mandei o diabo pra longe", disse Liana, entrando e fechando a porta. "Aqui ele não volta mais. Me deu um cheque", disse enquanto rasgava o cheque em pedacinhos.

"De quanto?", perguntou Laura.

"Nem olhei pra não ficar tentada."

"Ele disse quem deu o endereço daqui pra ele?"

"Disse que tem lá os contatos dele."

"A filha da puta da Selma me caguetou."

"Ele deve ter comprado a informação, normal. Aprenda com a mamãe: não confie numa cafetina. Pode confiar em putas, veados, travecos, esses botam a mão no fogo por você. Mas nunca confie em cafetinas e cafiolas. Eu conheço a espécie, já fui puta e cafetina."

"Não vem me dar lição de moral, mãe. E para de falar *mamãe*."

"Eu não tenho moral, mas conheço a vida."

"Aqui não é mais um lugar seguro pra eu ficar."

"Nunca foi, eu te falei desde que você chegou."
"Preciso ir para outro lugar, pra ficar longe do alcance desse psicopata."
"Tira logo essa criança da barriga."
"Não sei se eu quero tirar."
"Pirou?"
"Não se mete nos meus problemas, Liana."
"Agora vai me chamar de Liana? Sou tua mãe, Laura. Bem ou mal, a única que você tem nesta vida. Escuta o meu conselho: tira essa coisa da tua barriga. Ou você quer carregar uma maldição pra sempre?"
"Uma a mais, uma a menos, que diferença faz?"
"Você não sabe o que é uma maldição, cara de anjo."
"Se o Laércio estivesse aqui pra me ajudar…"
"Manda um SOS telepático pra ele."
"Você gosta de ver a gente sofrer, né? Te faz bem."
"Claro que não, Laura. Mas se pensar assim te alivia, pode pensar."
"Não estou conseguindo pensar direito, desculpe. Preciso de um lugar longe desse cretino, pra eu pensar em paz. O Máximo me humilhou e me agrediu. Nunca me senti tão ultrajada. Não quero ver esse cafajeste nunca mais na minha frente. E também tenho medo dele."
"Não fala assim. Se você tiver a criança, é esse cafajeste que vai sustentar teu filho. Ele não é o pai?"
"Pai? Eu não tenho pai, e meu filho também não vai ter pai", disse Laura, fitando a mãe com olhos desamparados que fizeram Liana lembrar da filha quando era menina. "Eu não sei quem é o pai", prosseguiu Laura. "Pode ser que a vasectomia tenha falhado, sei lá, porque eu só transei com o Máximo desde a minha última menstruação. Juro!"
"Vasectomia não costuma falhar. Nem menstruação. Tá me escondendo alguma coisa, Laura?"

"Um dos filhos dele tentou me agarrar, mas eu não deixei."
"Agarrar também não engravida. O quê mais?"
"O outro filho", disse Laura.
"O que tem o outro filho?"
Laura ficou em silêncio. Por um momento pareceu que ia chorar.
"O que tem o outro filho, Laura? O cabacinho te comeu?"
"Deixa pra lá! Bobagem, que diferença faz? Estou confusa, não consigo pensar direito."
"Eu tenho um lugar", disse Liana, surpreendida por uma nostalgia incômoda. "Pra você ir e pensar em paz, tomar tuas decisões com calma, meu anjinho caído."
"Que lugar?"
Liana passou a mão na cabeça da filha.
"Um lugar afastado do mundo. Lá você vai ficar escondida e vai ter tempo pra pensar em paz."
"Shangri-lá?"
"Shangri-lá do cogumelo, em Iguape. Templo do Sol."
"Puta que pariu, mãe. Que porra é essa?"
"Uma comunidade hippie."
"Comunidade hippie? Uma toca de porra-loucas pirados? Tipo *Um estranho no ninho*?"
"Estranho no ninho o caralho. Não vou te mandar pra um hospício. É uma comunidade hippie, anjinho. Paz e amor, horta, galinheiro, pulseirinha de couro, brinco de concha, bauretizinho, chá de cogumelo, todo mundo cantando, transando..."
"Vai cobrar quanto pela informação?", perguntou Laura.
"Deixa de ser ingrata, rampeira!" Liana parou de acariciar a cabeça de Laura, recobrando-se rapidamente do ataque repentino de emotividade. "Eu podia ter te entregado pro bacana, mas dinheiro não é tudo na vida, Laura. Aprende com a mamãe."
"Vai catar prego, Liana. Me dá um cigarro."

12.

Alex passava horas em silêncio ouvindo Lívia tocar flauta doce. Ela soprava as notas de "Jesus, alegria dos homens" e Alex sentia o tempo parar.

Com Lívia, Alex encontrou-se consigo mesmo.

Passeavam pelo horto florestal e caminhavam quilômetros pelos bosques de pinheiros sem ver ninguém. Eles não precisavam de ninguém (nem mesmo do irmão mais velho de Alex, que estava morto, e do pai de Lívia, que tinha sumido).

Faziam amor à beira do lago escuro e Lívia dizia que Alex podia gozar dentro, pois ela usava diafragma. Ele não entendia o que era exatamente um diafragma, mas de qualquer jeito teria gozado dentro, pois não conseguia controlar a ejaculação quando sentia o calor úmido das paredes da vagina de Lívia apertando seu pau.

Com Alex, Lívia aprendeu a galgar trens em movimento. Uma vez foram até Paraguassu Paulista. Dormiram numa barraca e acordaram mordidos por carrapatos. Alex ensinou a Lívia que o melhor remédio para as picadas de carrapato era o vinagre.

Alex conversava com a mãe de Lívia sobre o suicídio de seu

irmão mais velho e ela lhe falava de um sujeito chamado Ronald Laing e do conceito da "antipsiquiatria", que ele havia criado.

Ela disse que seu marido, o pai de Lívia, tinha caído.

"Caído onde?"

"Nas garras da repressão. No poço da ditadura", ela explicou, começando a chorar. Lívia consolou a mãe: "Por que você tem certeza de que ele foi preso? Ele pode ter fugido da gente, dito que ia comprar cigarro pra nunca mais voltar. Muitos homens fazem isso, eu li. Mas ele também pode se arrepender e aparecer, mãe. Ele vai voltar".

A mãe de Lívia enxugou as lágrimas: "Deus te ouça, minha filha".

Mas ela não acreditava em Deus. Nem o pai de Lívia.

Lívia deu a Alex um livro de Lao Tsé, o *Tao-Te King*. Contou que seu pai dissertava sobre budismo, tai chi chuan e sobre o grupo terrorista alemão Baader-Meinhof.

O pai e a mãe de Lívia liam o *I Ching* e consideravam as orientações sugeridas pelo oráculo chinês com a mesma devoção com que admiravam o Manifesto Comunista de Marx e Engels.

A mãe de Lívia disse a Alex que ele devia continuar perseguindo a verdade até encontrá-la, pois a verdade se revelava em situações e lugares inesperados.

Alex ouvia nomes estranhos: Sartre, Lacan, Ionesco, Costa-Gavras. Por sugestão de Lívia, leu livros com títulos enigmáticos como *Cem anos de solidão* e *O jogo da amarelinha*. Gabriel García Márquez e Julio Cortázar faziam parte de um clube secreto para o qual Alex era convidado como aprendiz.

Um dia Lívia disse que o livro preferido de seu pai era *Pedro Páramo*, mas que não tinha como lhe mostrar o livro, pois ele sumira junto com o pai.

"O legal desse livro", disse Lívia, "é que os personagens estão todos mortos, mas a gente não percebe isso logo de cara."

"Você leu?", perguntou Alex.

"Não. Meu pai me contou a história."

A mãe de Lívia às vezes andava nua pela casa, como se comentava na cidade. Mas ela não fumava maconha na frente da filha, embora fumasse quando estava fechada no quarto ou no escritório. Lívia e Alex sentiam o cheiro, apesar da mãe acender incensos para disfarçar. Alex já conhecia o cheiro da maconha, César e Winston costumavam fumar escondidos dele.

A mãe de Lívia passava muito tempo ao telefone, e chorava. Às vezes gritava.

Lívia cochichava para Alex: "Tadinha. Ela pensa que meu pai foi preso, mas acho que ele fugiu com outra mulher. Com uma aluna dele mais nova que a minha mãe. Eles têm um caso, eu sei".

Um dia a mãe de Lívia precisou sair às pressas da cidade. Lívia, claro, foi embora com ela. Os pais de Lívia estavam realmente sendo perseguidos por agentes de repressão do governo militar. O pai desaparecera havia meses no Rio e a mãe, alertada por companheiros de militância, escapou correndo de Assis para não ser presa, torturada e, quem sabe, morta.

Lívia e a mãe foram para a Cidade do México, depois para Paris.

Lívia e Alex sofreram com a separação abrupta, pensaram que iriam morrer de amor.

Por alguns meses, as cartas que Lívia enviava para Alex não continham endereço. Ela escrevia de embaixadas e comitês políticos. Às vezes mandava um cartão-postal de Barcelona, Amsterdã, Berlim, mas sem endereço de remetente. Alex respondia a toda correspondência que recebia dela, sem ter, porém, para onde enviá-la. Guardava as cartas recebidas junto com as que escrevia numa caixa de sapato vazia que havia pegado na loja do avô.

Um ano depois Alexandre não recebia mais cartas de Lívia.

13.

Laura olhou a cidade luminosa lá embaixo. De vez em quando as luzes se escondiam atrás de uma montanha e então ressurgiam com o vasto e negro mar à frente. Da estrada sinuosa, via céu e mar se unirem na mesma escuridão. De longe o mar parecia tão sólido quanto o céu.

Um ano! Tantos acontecimentos, tantas dúvidas...

Os planos estavam determinados, agora Laura sabia o que iria fazer, estava segura. Um ano havia se passado e as coisas pareciam ter entrado nos eixos.

Então por que ainda aquela inquietação enquanto tentava manter o carro estabilizado entre as curvas?

Do que Laércio estava querendo lhe avisar? Não, não era possível.

Estava cansada, acordara cedo, viajara, passara o dia em São Paulo e agora voltava para Santos imaginando coisas.

Coisas horríveis.

Ligou o toca-fitas: *Se você pretende saber quem eu sou, eu posso lhe dizer...*

Então Laura teve certeza.

PARTE VI

1.

Bechara Jalkh surgiu na fazenda numa tarde fria de outubro de 1975. O homem conhecido como o Sherlock Holmes brasileiro não se assemelhava em nada à imagem clássica de seu colega britânico. Bechara era um sujeito baixo e atarracado, calvo e com uma tendência a engordar, perceptível pelo diâmetro de sua cintura. Nada que lembrasse o fleumático e longilíneo morador da rua Baker em Londres.

Ao saltar de um Opala bege, Bechara vestia terno e gravata e trazia uma pasta 007 na mão.

"Boa tarde", disse, cumprimentando Máximo Leonel.

"O senhor foi rápido", observou o fazendeiro. "Prefere ficar aqui na varanda ou na sala? Está um pouco frio aqui."

"Podemos ficar aqui mesmo", disse Bechara, sentando-se numa das poltronas de vime que decoravam a varanda da sede da fazenda. "Bela vista", disse.

"O senhor bebe alguma coisa?"

"Só uma água", respondeu o detetive. "Mas se o senhor quiser tomar um uísque, ou algo assim, fique à vontade."

Máximo, ainda que imerso numa letargia desde a morte do filho, percebeu que nas palavras de Bechara havia uma forte sugestão. Por cautela, considerou a ideia.

"Jarinu", disse, "traz uma água pro detetive e um caubói pra mim."

Assim que Jarinu se afastou para ir buscar as bebidas, o fazendeiro disse: "E então?".

"Bela vista...", repetiu o Sherlock brasileiro. "Soja?"

Máximo concordou com um movimento de cabeça, enquanto os dois miravam as plantações que se estendiam até o horizonte. Máximo entendeu a estratégia do detetive. Ele esperava que o uísque chegasse para só então dar as notícias ao fazendeiro.

"Nem tão bonita, detetive. Plantações de milho, trigo, cana e café são mais vistosas. A beleza da soja está na capacidade que seu grão tem de se adaptar a qualquer condição. E está também no dinheiro que ela proporciona."

"Essa informação só aumenta a beleza dessa vista", disse Bechara, enquanto Jarinu chegava com a bandeja das bebidas.

Máximo sinalizou com um olhar e Jarinu saiu assim que depositou a bandeja em uma mesinha. O fazendeiro virou o uísque num gole só: "Então, detetive. Pode desembuchar".

"Laura Yerevan morreu."

"Jarinu!"

"Senhor!", respondeu Jarinu, aparecendo na varanda.

"Mais um uísque. Traz a garrafa." Máximo dirigiu-se a Bechara: "Morreu como? Quando?".

"Quer aguardar o uísque?"

"Fala."

"Ela morreu num acidente de carro há menos de um mês. Ia descendo a Anchieta à noite, de São Paulo para Santos, e despencou serra abaixo. Estava sozinha, deve ter se distraído ou pegado no sono. Morreu na hora, o carro ficou totalmente destruído. Sinto muito."

"Eu não sabia que a Laura tinha carro."

"Um Passat azul-escuro. Anotei a placa, o modelo e o número do chassi para o senhor."

"Tem certeza que era ela, detetive?"

Bechara limitou-se a esboçar um semissorriso.

"Era ela mesmo?", insistiu Máximo. "Não pode ter havido um engano?"

Bechara abriu sua pasta e retirou dali alguns papéis: "O boletim de ocorrência e o atestado de óbito", disse, estendendo os documentos para o fazendeiro.

Máximo nem olhou para os papéis: "E o filho? Ela estava grávida quando morreu?".

"Não estava grávida." Bechara retirou outro documento da pasta. "A autópsia."

"Havia um bebê com ela no carro?"

"Não. Como eu disse, ela estava sozinha."

"Ela teve o filho?"

"Se teve, nunca foi registrado."

"Teve ou não teve?"

"Não encontrei nenhum indício de que esse filho exista."

"Uma filha, talvez?"

"Nem filho nem filha."

Jarinu voltou com uma garrafa de uísque.

"A Laura realmente ficou desaparecida por um tempo", prosseguiu Bechara. "Ela passou rapidamente pela pensão da mãe no ano passado, mas depois sumiu e só voltou a contatar o pessoal da La Licorne há dois meses. Se teve um filho nesse ínterim, ninguém que conhecia a Laura soube disso. Houve um boato, é verdade, mas ninguém a viu barriguda nem soube dizer se essa gravidez efetivamente se confirmou. Amigos íntimos ela não tinha. Os conhecidos afirmam que ela andava deprimida e resolveu dar um tempo. Suspeitam que viajou para a Europa e procurou abrigo com o irmão pederasta, mas não encontrei registros de que ela tenha deixado o país nesse período. Tudo isso está anotado com detalhes no meu relatório."

"E a velha?"

"Que velha?"

"A mãe. Liana Yerevan, a dona da pensão."

"Se desfez da espelunca. Depois que Laura morreu, ela vendeu a Verdes Mares e foi com o filho para a Europa. Tudo muito rápido. A cafetina estava arrasada com a morte da filha. Foi o pederasta que agilizou tudo e carregou a mãe para a Itália."

Máximo sentiu um vazio no peito.

"A Laura foi enterrada em Santos?"

"No cemitério da Filosofia", disse Bechara, retirando outro papel da pasta. "Coloquei todas as informações neste documento para o senhor. Tem o boletim de ocorrência do acidente, o endereço e o mapa do cemitério, número da campa..."

Máximo já não registrava o que o detetive dizia.

"Cemitério da Filosofia? Que porra de nome é esse?"

"Santos é uma cidade estranha."

"Então Laura morreu... E não se sabe se ela teve um filho. Provavelmente não."

"Se o senhor achar necessário", disse Bechara, "posso ir até a Itália investigar a mãe e o pederasta. Descobri o endereço dele em Milão, está no relatório que vou deixar com o senhor. Mas posso garantir que quando mãe e filho embarcaram no porto de Santos, no navio *Eugênio C*, rumo a Gênova, não levavam com eles nenhum bebê."

"Não se preocupe, detetive. Essa história acabou pra mim", disse Máximo, levantando-se e entrando em casa sem nem se despedir de Bechara.

Jarinu se encarregou de pagar o detetive e recebeu dele o relatório datilografado e cópias de outros documentos. Depois acompanhou o Sherlock Holmes brasileiro até o Opala.

"Sabe qual é a ironia do destino?", disse Bechara quando entrou no carro. "No acidente, o Passat da moça ficou totalmente destruído e o corpo dela quase que irreconhecível de tantas fraturas, ferimentos e hematomas. Mas o toca-fitas e o cassete permaneceram intactos. Na hora do acidente, antes de despencar para a morte, ela estava ouvindo 'As curvas da estrada de Santos'."

2.

Alex passou a frequentar a turma de Mário Sérgio, os professores e estudantes boêmios que circulavam pelo bar perto da estação ferroviária. Lá ele conheceu o escritor Uilcon, que também dava aulas na faculdade. Uilcon apresentou a Alex um livro de Osman Lins, *Avalovara*. Eles varavam a noite no bar do Turco bebendo e falando sobre literatura. Luciel, editor de cultura da *Gazeta de Assis*, dissertava sobre drogas, contracultura e misticismo. Ele usava um chapéu sob o qual despontava seu cabelo longo e liso, e pedia que o chamassem de Don Juan.

O ídolo de Luciel era Carlos Castañeda; quando chovia, ele aparecia com cogumelos alucinógenos guardados num saco plástico dentro da bolsa de couro.

Naquela época os homens usavam bolsas, como as mulheres.

Alex convidou Uilcon e Luciel para irem à estação ferroviária galgar os trens.

Uilcon e Luciel, provavelmente por obra do álcool ingerido no bar do Turco, toparam. Foram à estação e se esconderam atrás de um vagão estacionado. Alex conhecia os horários dos trens, e não esperaram muito até que uma formação de carga vinda de Sorocaba parou na estação. Saltaram em um vagão que transportava gado, e o chapéu de Luciel saiu voando.

"*Porque longe das cercas embandeiradas que separam quintais, no cume calmo do meu olho que vê, assenta a sombra sonora dum disco voador*", cantou Uilcon e eles riram, Luciel desviando dos olhos o cabelo que envolvia seu rosto como um véu.

Voando na noite, o chapéu de Luciel parecia mesmo um disco voador.

Numa madrugada de lua cheia Alex, Uilcon, Luciel e Nilo pularam o muro do seminário e caminharam pelas imediações da fonte em que Lívia costumava tocar flauta ao nascer do sol. Eles cavaram um buraco na terra sob o olhar vigilante da Nossa Senhora e ali enterraram um volume de *Avalovara* e outro de *Ulysses*, de James Joyce.

Alex perguntou: "Qual a razão de enterrarmos os livros?".

"Para que o destino faça jus ao *Avalovara*", disse Uilcon.

"Feitiço", completou Nilo, acendendo o cachimbo.

Uilcon e Nilo gostavam de caminhar pela rua ao alvorecer declamando o palíndromo mágico latino *Sator arepo tenet opera rotas*, que Osman Lins cita em *Avalovara*. Afirmavam que o palíndromo tinha capacidades psicoativas, como os mantras das religiões hindus, capazes de induzir a mente a estados contemplativos e transcendentes.

Mário Sérgio achava tudo aquilo uma babaquice.

"Porralouquice", ele dizia a Alex. "Um comportamento desbundado e escapista que só reforça a tese de que a ditadura conseguiu contaminar as mentes das pessoas."

    Às vezes Alex lembrava de Lívia e da flauta e ficava melancólico. Quando ficava melancólico a imagem de César com a cabeça sangrando surgia em seus pensamentos. Nessas horas ele se perguntava o quanto a ditadura tinha conseguido contaminar a sua própria mente.

3.

Máximo, aos poucos, foi transferindo o comando dos negócios para Winston, que passou a administrar as fazendas da família e fez companhia ao pai até a morte do fazendeiro, vítima de um infarto em 1984, já um homem solitário que havia muito se despedira da vida.

Cassandra Spazzini conseguiu sobreviver à morte de seu primogênito e experimentar um verdadeiro renascimento depois de ter visto Chico Xavier em Uberaba. A viagem a trouxe de volta à vida. Prestou vestibular para psicologia na Faculdade de Assis e formou-se anos depois.

Cassandra e Mário Sérgio passaram a viver juntos logo que o desquite foi oficializado e, em 1977, quando a lei do divórcio foi promulgada, casaram-se. Em 1980 mudaram-se para Londrina, no Paraná, onde passaram a lecionar na Universidade Estadual daquela cidade.

Cassandra e Winston continuaram mantendo contatos frequentes e afetuosos desde a reveladora viagem dos dois a Uberaba, quando, na presença do médium, tomaram consciência da inflexibilidade da morte.

Nesses anos todos Cassandra testemunhou com pesar e resignação o que ela chamou de "via-crúcis" de Alex. Para ela, aquela noite de 1974, em que o caçula fugiu da orgia que o pai organizou para celebrar sua iniciação sexual, deflagrou algum processo psicológico em Alexandre que o fez passar o resto da vida numa fuga sem sentido.

No decorrer dos anos, Winston Leonel fez depósitos regulares numa conta-corrente de Alexandre, numa agência do Banco Bradesco na rua Pamplona, em São Paulo. Supõe-se que o caçula tenha vivido desse dinheiro.

Nos últimos vinte anos, ninguém soube do paradeiro de Alexandre Leonel.

Padre Robson o viu de longe no enterro de Tércio Spazzini, em 1992. Trocaram apenas um aceno, mas não conversaram. A última vez em que o padre havia falado com Alexandre foi na missa de um ano da morte de Máximo, em 1985, sete anos antes. Alexandre, para tristeza de Cassandra e Winston, não aparecera no enterro do pai e surgira sem avisar na missa de um ano, com um aspecto assustador, magro, com barba e cabelo longo, lembrando um daqueles andarilhos de beira de estrada que tanto o tinham impressionado na infância.

Na conversa nebulosa que tiveram nesse dia da missa, padre Robson lembra de Alexandre citar metáforas estranhas que remetiam a passagens literárias e a referências poéticas, como alguém que vivesse num delírio constante, afastado da realidade.

Há pouco mais de cinco anos, quando Cassandra já apresentava os primeiros sinais do mal de Alzheimer, um antigo aluno de

Mário Sérgio, da época em que ele lecionava em Assis, ligou de Aquidauana, no Mato Grosso do Sul, dizendo ter visto Alexandre magro, envelhecido e maltrapilho, falando sozinho à beira de uma rodovia.

"Ele não para de gritar '*sator arepo tenet opera rotas*'", contou o ex-aluno de Mário Sérgio.

Mário Sérgio nunca acreditou nessa história porque percebia nos habitantes e ex-habitantes de Assis uma tendência a mitificar a figura de Alexandre Leonel.

Em 1989, às vésperas de uma viagem de padre Robson à Itália para um concílio no Vaticano, Cassandra lhe mostrou um endereço de Milão encontrado num dos documentos que Jarinu entregara a ela depois da morte de Máximo Leonel. Estava anotado num relatório de Bechara Jalk de 1975 como a residência de Laércio Yerevan. Cassandra implorou ao padre que procurasse Laércio e tentasse dissipar de vez as dúvidas que sempre pairaram na família sobre a existência de um possível filho de Winston e Laura. Cassandra rogou que padre Robson jamais revelasse a Winston esse pedido dela, fossem quais fossem as descobertas que ele fizesse em Milão.

Padre Robson não encontrou ninguém com o nome de Laércio Yerevan no endereço que Cassandra lhe dera. Mas um vizinho lhe forneceu algumas informações, o padre seguiu investigando e chegou a um apartamento onde vivia Stephano Rovere, um antigo namorado de Laércio. Stephano informou ao padre que o irmão gêmeo de Laura morrera há dois anos, vítima de aids. Mostrou-lhe polaroides de Laércio em que se podia testemunhar a impressionante transformação infligida pela doença, que em poucos meses fizera o belo Adônis se transfigurar num homem descarnado e frágil.

"No fim", Stephano disse ao padre, "a doença deixou o Laércio, que foi o homem mais bonito que eu conheci, parecido com a mãe dele, uma bruxa velha, feia e seca."

Padre Robson terminara seu longo relato e me fitava em silêncio. Lá fora já estava escuro e começava a ventar forte. Ficamos um tempo escutando a ventania sem dizer nada, olhando um para o outro na biblioteca mal iluminada daquele seminário lúgubre numa rua de Assis.
O que eu estava fazendo ali, afinal de contas?
Como me afundei naquele labirinto?
O silêncio era interrompido por rajadas intermitentes de vento que anunciavam uma tempestade de proporções bíblicas.
"Quantos anos você tem?", perguntou padre Robson.
"Faço quarenta e quatro em junho."
Ficamos mais algum tempo em silêncio, o padre suspirou duas vezes, olhou para a janela e teve um acesso de tosse.
"O.k.", eu disse por fim. "O senhor está achando que sou eu o filho misterioso de Laura Yerevan e Winston Leonel…"

4.

Cheguei à rua Humberto de Campos às seis e quarenta da manhã.

Carregava, além das olheiras, minha mochila. Pretendia ir dali direto para a rodoviária de Assis pegar um ônibus de volta para São Paulo.

Antes era preciso despertar do pesadelo.

Já não chovia, mas o céu estava nublado e as ruas ainda molhadas.

Talvez eu devesse ter ido direto do seminário para a rodoviária.

Talvez.

Mas, quando se passa uma noite em claro num hotel depois de ouvir tudo o que eu ouvi, não se consegue pensar com muita objetividade.

Eu não teria por que duvidar da sinceridade do meu pai, teria?

É verdade que cresci num ambiente solitário e fui preservado das pessoas, sempre ao lado do velho Jaques, o marchand, que me conduzia pelo mundo como um cão a guiar um cego. Eu estava sempre tateando os caminhos por onde ele me levava. Meu pai determinava o rumo que eu devia seguir, mesmo que fossem as intrincadas vielas de um labirinto grego. Sempre estranhei a falta de irmãos, primos, tios, tias. Sentia a ausência da minha mãe e interpretava a dificuldade de comunicação com os parentes gregos como uma contingência natural da minha situação. Eu nunca tinha convivido o suficiente com outras famílias para comparar meu modo de vida com o dos outros.

Meu pai era um homem solitário.

Um homem gentil, mas um misantropo à sua maneira. Um misantropo cordial.

Apesar de tudo, formávamos uma dupla feliz, eu e o velho Jaques.

Um latido chamou minha atenção.

O primeiro a sair da casa do outro lado da rua foi o cão labrador.

Era uma casa térrea, antiga mas bem cuidada, de tijolos aparentes. O muro, também de tijolos aparentes, não era muito alto.

Uma mansão sólida com um jardim espaçoso.

O cachorro latiu, abanando o rabo, aguardando o dono. O homem saiu pelo portão em seguida.

"Bonanza!", disse o homem.

Sibipirunas se espalhavam pelas calçadas dos dois lados da rua.

Ali estava, supus, Winston Leonel.

5.

No dia anterior, ao fim do relato do padre Robson, quando revelei minha suspeita de que ele desconfiava que eu fosse o filho misterioso de Winston Leonel, o padre reagiu: "Eu não disse isso", e começou a tossir.

"Mas pensou."

"Não. Você não se parece nada com Winston nem com ninguém da família Leonel."

"Claro que não, meu pai era judeu e minha mãe, grega. Não tenho nada a ver com essa história nem com essa família."

"Eu não estou dizendo que você tem. E ninguém nem sabe se esse filho um dia existiu."

"Mas o senhor perguntou minha idade."

"Sim, você tem quarenta e quatro anos. Em que dia você nasceu?"

"Em vinte e um de junho de mil novecentos e setenta e cinco. O.k., padre, já fiz as contas, nove meses exatos depois de setembro de mil novecentos e setenta e quatro, data da orgia dos Leonel. Mas isso é só uma coincidência."

"Claro que é."

"Se precisar eu faço um teste de DNA."

"Calma."

"E eu não me pareço com ninguém da família, certo?"

"Certíssimo. Nada. Mas você se parece com alguém que eu não consigo recordar..."

"O senhor também, padre. Parece um personagem do *Harry Potter*."

"Se precisar, faço um teste de DNA", o padre Robson disse, rindo.

"Acho que fiquei um pouco nervoso, desculpe", eu disse.

"Natural, não precisa se desculpar. Essa história é bastante implausível mesmo. Estranha."

Lá fora, a chuva anunciada mais cedo pelo padre Robson começou a cair com uma urgência que me pareceu premonitória.

"A chuva", ele disse.

Um trovão enfatizou a obviedade de suas palavras.

"Bem", prosseguiu, me fitando com expressão grave, "tudo isso não deve passar de coincidência, certo? Ou de um delírio. Todas essas pistas enigmáticas pichadas nas igrejas de Ouro Preto. Por que razão, afinal de contas, alguém iria querer atrair você até aqui?"

"Não sei, padre. Estou bastante confuso."

"Você é escritor, pense que no mínimo conheceu uma boa história."

"Há maneiras mais simples de conhecer uma boa história."

Ele fez uma pausa antes de me perguntar: "Sem querer criar uma confusão para você, por que não pergunta aos seus pais se essa história faz algum sentido? Talvez eles tenham alguma conexão com esses fatos, quem sabe não conheceram alguns desses personagens no passado?"

"Meus pais já morreram, padre. Minha mãe num acidente automobilístico na Grécia, quando eu era bebê, e meu pai em decorrência de uma leucemia há quatro anos."

"Irmãos?"

"Sou filho único."

"Tios, primos?"

"Só parentes distantes. Perdi o contato com meus parentes gregos e meu pai me teve já bem mais velho. Ele também era filho único e não cheguei a conhecer meus avós paternos. Meus avós maternos, gregos, morreram há muito tempo também. Sou um homem desgarrado."

Ficamos em silêncio ouvindo a chuva.

"Minha imaginação é muito fértil, padre. Talvez eu tenha visto conexões, significados e sentidos onde não havia nada e tenha chegado aqui não por coincidência, mas por ter ligado alguns pontos de forma equivocada."

"Sim, aceito a hipótese da confusão", ele disse, abrindo mais um de seus sorrisos enigmáticos. "Talvez as palavras e os algarismos romanos nas pichações não quisessem dizer o que você pensou que eles diziam, e você veio parar aqui sem ter nada a ver com a história da família Leonel. Um equívoco sempre é possível, claro."

"Mais que isso. Talvez eu tenha forçado essas conexões para trazer alguma emoção à minha rotina. Talvez eu tenha criado tudo isso."

"Para se distrair."

"Vai entender a mente humana, padre."

"Não me atrevo."

O barulho da chuva soou ainda por algum tempo, os pingos d'água castigando o vidro das janelas.

"Nesse caso", disse padre Robson, "nós nos despedimos por aqui. Você segue a sua vida e eu sigo a minha."

Ele fez menção de se levantar.

"Só um instante, padre. Sei que o senhor deve estar cansado."

"Um homem de Deus não descansa."

"Só como exercício, imaginemos que sim, que alguém realmente se empenhou em me conduzir até aqui, não sei com qual intuito. Quem poderia ser essa pessoa?"

A chuva aumentou de intensidade, fizemos silêncio.

"O sr. London", disse o padre, e riu.

Continuamos em silêncio.

"A alusão", prosseguiu, "se foi intencional, se refere diretamente ao Alexandre, que era quem gostava do escritor Jack London e de literatura em geral. Resta saber se isso foi obra do próprio Alex ou de alguém que quis usar *London* apenas como isca para você chegar até mim, sabendo que sou dos poucos ainda vivos que conhece essa história por inteiro. A questão é: por que alguém iria querer que você conhecesse essa história?"

"Quem seriam os seus suspeitos?"

"Laura e Laércio já morreram, assim como Máximo Leonel, Jarinu e, claro, o pobre do César. Liana Yerevan, se estiver viva, estará com noventa e tantos anos. Melhor não contarmos com ela. Cassandra ainda está viva, mas internada numa clínica em Londrina, com Alzheimer; com certeza não poderia estar engendrando uma trama tão complexa. Na última vez em que a visitei, faz mais de ano, além de não me reconhecer ela começou a gritar, chamando os enfermeiros: 'Odeio padres! Odeio padres!'."

"Sobram Winston, Alexandre, Mário Sérgio e quem mais?", perguntei.

"Você não está achando que um velho padre com reumatismo seria capaz de pichar igrejas em Ouro Preto, certo? Nem é pelo reumatismo. Eu jamais picharia uma igreja."

Padre Robson teve um ataque de tosse, como que para comprovar suas palavras.

"O senhor está fora da minha lista de suspeitos, padre."

"Também não me descarte tão facilmente, Davi! Quem sabe não sou o mordomo da sua história?"

"Preciso confessar que o senhor mudou completamente a ideia que eu fazia de padres católicos."

"Eu também não imaginava que ateus pudessem ser tão crédulos."

"O senhor me acha crédulo?"

"Quem está duvidando do acaso aqui é você, não? Mas voltemos ao nosso exercício. Mário Sérgio é um velho professor aposentado, solitário e deprimido. Ainda é muito apegado a Cassandra, vai vê-la sempre na clínica, embora ela mal o reconheça. E continua indo à missa todos os domingos. Não apostaria minhas fichas no Mário Sérgio. Os antigos amigos dele, Nilo, Uilcon e Luciel, com certeza se animariam a pichar igrejas com frases de Nietzsche e cometer heresias variadas, mas Nilo e Uilcon estão mortos e nunca mais ouvi falar de Luciel, o Don Juan feiticeiro do peiote, um homem que vagava pela cidade com um chapéu redondo de feltro como os índios mexicanos nos filmes de caubói. Sobram os irmãos Winston e Alexandre. Winston é um sujeito pacato, caseiro, que em nada lembra o adolescente arruaceiro que gostava de torturar gatos na piscina e promover corridas de carro na estrada, seguidas de noitadas na zona. Ele ainda administra as fazendas da família, embora tenha passado a maior parte do trabalho para seu filho, o Cezinha, um ótimo rapaz. Winston é sossegado, gosta de ficar em casa com a esposa, Beatriz, assistindo a essas séries de TV que fazem sucesso. Ele leva seu cachorro Bonanza para passear duas vezes por dia, pontualmente às sete da manhã e às sete da noite. Não vejo o Winston por trás dessa trama, organizando de longe um esquema de pichações de igrejas em Minas Gerais. Digo de longe porque sei que ele não se ausentou da cidade nos últimos meses. No máximo dá uma ida rápida até a fazenda e volta."

"E o Alex?"

"O Alex. O Alex está desaparecido há anos. Pode estar morto. Ou vivendo num mosteiro no Butão. Ou vociferando palíndromos mágicos à beira de alguma rodovia em Tocantins."

Padre Robson teve mais um acesso de tosse.

A chuva apertava.

Josias, o seminarista espinhudo da recepção, abriu a porta da biblioteca: "Hora da janta, monsenhor".

Só então padre Robson se deu conta de que tinha passado o dia ali comigo e que não comera nada.

"Quer jantar conosco, Davi?"

"Obrigado, padre. Estou sem fome. E cansado", eu disse.

"Eu também, filho. Mas está chovendo muito."

"Vou chamar um Uber."

6.

Era um homem roliço mas ágil, de seus sessenta e poucos anos. Cabelo grisalho rareando nas laterais da testa, pele bronzeada. Vestia calça jeans, tênis branco e uma camiseta preta estampada com a clássica boca vermelha com a língua para fora dos Rolling Stones.

"Bonanza!"

O cachorro parou, esperando o dono.

O homem acariciou a cabeça de Bonanza e eles seguiram pela calçada, lado a lado. O dono não levava o animal pela guia, Bonanza parecia bem treinado e obediente.

Fiquei parado, observando-os se afastar.

Caminhava do outro lado da rua o antigo torturador de gatos, o homem que tentou (conseguiu?) transar com Laura na noite da orgia, quando Alex desapareceu? Estava ali o homem que testemunhou o suicídio do irmão e levou a mãe até Uberaba para conhecer o médium Chico Xavier?

Meu coração disparou. Não, aquele sujeito não poderia ser meu pai.

A camiseta com o símbolo dos Stones conferia a ele um aspecto mundano, demasiadamente corriqueiro, incongruente com o enigma com o qual eu me deparava. A história toda era absurda, tive certeza.

Achei bom ter ido até ali para adquirir essa certeza. Agradeci mentalmente ao padre Robson, que me fornecera o endereço de Winston Leonel na noite anterior, antes de eu deixar o seminário Santo Antônio sob uma chuva retumbante.

Eu caminhava na direção da praça, em busca de um táxi, quando ouvi os latidos de um cão. Virei-me e vi o homem e o cachorro atrás de mim, na calçada em que eu estava.

Parei e encarei os dois.

"Bom dia", ele disse.

"Bom dia."

Ficamos frente a frente. Bonanza sentou, abanando o rabo.

"Você está procurando alguma coisa?"

"A Laura", eu disse de pronto. Melhor do que confessar que eu procurava um pai.

"Laura?"

"Laura Yerevan."

Não senti nenhuma reação especial no rosto dócil do homem.

"Ela mora por aqui?"

"Me disseram que sim."

"Me acompanhe, por favor."

Atravessamos a rua. Bonanza nos seguia com sua alegre subserviência canina. Senti as pernas bambas, não entendia o que tinha me levado a dizer que procurava por Laura Yerevan. Foi por reflexo, uma fala impensada.

"Judith!", gritou o homem na frente do portão da casa de tijolos.

Alguém abriu o portão, segurando uma mangueira direcionada para o chão. Era uma mulher jovem, uma funcionária da casa. Vestia uma bermuda jeans e uma camiseta branca com o símbolo do Partido Verde.

"Estou regando as plantas, seu Winston", ela disse.

"Você conhece alguma Laura..." Ele olhou para mim.

"Yerevan", eu completei, sentindo uma vertigem pela confirmação de que aquele homem se chamava mesmo Winston.

"Ye-re-van", repeti.

"Laura Yerevan", Winston repetiu para Judith.

"Ela mora por aqui?", a moça perguntou.

"Foi o que me disseram", respondi.

"Não conheço", disse Judith.

"Desculpe não poder ajudar", desculpou-se Winston. "Acho que na prefeitura tem um serviço de informações. Sabe onde fica?"

Aquiesci, embora não fizesse a mínima ideia de onde ficava a prefeitura. Eu estava abalado.

"Um bom dia", concluiu Winston, e seguiu andando, acompanhado de Bonanza.

"Deve ter havido um engano, obrigado", eu disse, mas acho que já não havia ninguém me escutando.

No ônibus de volta a São Paulo finalmente consegui dormir um pouco. Mas acordei sobressaltado no meio da tarde, já próximo da cidade.

Aquele padre maluco teria me sacaneado?

Teria inventado aquela história só pra tirar uma onda com o otário incauto que aparecera no seminário perguntando por um sr. London?

Por que Winston Leonel não reagiu quando perguntei se ele conhecia Laura Yerevan?

Seria o padre um mitômano?

Ao chegar ao Terminal Rodoviário Tietê, em São Paulo, cogitei pegar um ônibus de volta para Assis só para tirar satisfações com o monsenhor fã de Raul Seixas.

Mas desisti. A hipótese de que ele tivesse inventado toda a história era tão plausível quanto qualquer outra. E implausível também.

Dava tudo na mesma: a história da família Leonel podia ou não ser verdadeira. As pichações em Minas Gerais podiam ou não ter a ver comigo, assim como podiam ou não ter a ver com a família Leonel.

Padre Robson podia ou não ter inventado aquela história.

Eu me movia num pântano, assombrado por dúvidas.

No metrô, a caminho de casa, caí no sono.

PARTE VII

1.

A reunião do condomínio foi o grande acontecimento da minha semana. Debatemos por horas a questão das manchas e rachaduras na fachada do velho Sabin, exemplo da arquitetura dos anos 1950 em Higienópolis, com status de patrimônio histórico e cultural. Depois que todos concordaram em autorizar a pintura, Mary Marcolla (a perua digital influencer e síndica do edifício Albert Sabin, em que se insere meu apê) levantou uma nova questão: o Sabin deveria ser pintado da cor do projeto original ("Um rosinha bem cafona", nas palavras dela) ou deveríamos ousar e repaginar o "New Sabin" (ela usou esse termo) com cores berrantes e intensas que melhor expressassem o espírito da nossa época?

Mais algumas horas se esvaíram nessa discussão até que, graças ao bom senso dos moradores mais antigos (eu incluído), prevaleceu a opção de preservarmos as cores originais do projeto do arquiteto Franz Heep.

Quando achei que não restava mais energia aos condôminos depois de tantas discussões irrelevantes, Mary introduziu o assunto principal: como reagiríamos à inclemente invasão das calçadas do bairro por viciados em crack?

E outras intermináveis horas escorreram tratando do assunto, como se o tempo estivesse sendo medido por ampulhetas entupidas. As propostas mais variadas surgiram, desde o generoso acolhimento dos viciados em nossos próprios lares até a sumária execução de qualquer vagabundo que ousasse perambular pelas imediações do glorioso Albert Sabin.

No fim da reunião, eu já não lembrava o que havia sido decidido.

À noite perdi o sono. Fiquei pensando.

Quem era meu pai, afinal de contas?

Até agora, Jaques Zimmerman, o marchand.

Jaques era um homem alegre, gostava de fazer piadas e de contar histórias. Mas às vezes ficava melancólico e introspectivo. Ele me levava ao estádio do Morumbi para ver os jogos do São Paulo, mesmo não gostando (e pouco entendendo) de futebol.

Chegava a cochilar durante as partidas.

Uma vez o flagrei na galeria de arte que administrava, vazia depois do fim do expediente, contemplando solene uma marina de Pancetti. Ele não percebeu quando me aproximei e levou um susto ao se dar conta da minha presença. Naquele fim de tarde me confessou que gostaria de ter sido um pintor de marinas.

"Marinas?", perguntei. "Mas moramos em São Paulo."

"Pois é. Eu gostaria de morar em Santos", disse.

"Pai, você não tem nada a ver com praia."

"É verdade. Não me vejo de calção, deitado na areia, tomando sol besuntado de bronzeador. Não. Mas gostaria de ficar observando o mar de longe, vestido, sentado num banco protegido do sol."

Ficamos um tempo em silêncio olhando a marina de Pancetti.

Na tela, céu e mar se confundiam, o mar verde, o céu azul.

"Nas marinas do Pancetti o mar substitui o chão", disse meu pai. "Repara. A areia é inconsistente e neutra. O chão é o mar, é ele que pesa, é o mar que sustenta o céu. É o mar que se contrapõe e ao mesmo tempo se mistura com o céu. É o mar que *compete* com o céu. Não o chão."

2.

No dia seguinte decidi escrever um romance. Simples assim.

Faltava-me o tema, é certo, mas achei que, se eu ficasse escrevendo aleatoriamente, em algum momento o tema surgiria, como fazem garimpeiros em riachos turvos em busca do brilho de uma pedra preciosa.

Passei as primeiras horas da manhã debruçado no computador.

Não saiu muita coisa.

Caminhei até a janela.

Vi na calçada alguns viciados em crack. Dois meninos enrolados em cobertores vagavam pela rua como zumbis. Apesar de muito próximos um do outro, pareciam sozinhos, cada um imerso em seu mundo.

Enviei uma mensagem para o Bob: *pode falar?*
Dez minutos depois ele me atendeu no celular.

"Bob? Tudo bem? Como vão as coisas?"
"Davi! Muito trabalho, como sempre. E você?"
"Tentando deslanchar um romance. Difícil. Tem sempre um nó no meu caminho."
"No meu tem uma pedra, mas acho que sou mais acadêmico que você."
"Dá na mesma", eu disse. "Pau, pedra."
Ficamos em silêncio por um instante.
"Se fosse um diálogo do meu romance", prossegui, "você agora diria *é o fim do caminho*."
"Por que você não desliga e vai escrever? Inspiração não se desperdiça. Não me ocorreu falar *é o fim do caminho*."
"Melhor você bolar as suas próprias falas, não é?"
"Dá pra ser um pouco menos enigmático?"
"Eu teria por que duvidar do Jaques, Bob?"
"Do que você está falando, Davi?"
"De questões profundas."
"Opa! Não seria melhor procurar um psicanalista? Olhar o horóscopo, meditar... Eu tenho corrido no Ibirapuera todo dia de manhã, e tem ajudado. Cinco ou seis quilômetros por dia."
"Desculpe, Bob. É contigo mesmo que eu quero falar. Correr não vai me ajudar agora, tampouco vasculhar meu inconsciente. Você trabalhou anos com meu pai, fotografando obras e galerias pra ele. Estou tentando uma regressão aqui, preciso saber mais da vida do meu pai antes de eu nascer."
"Comecei a trabalhar com teu pai nos anos oitenta. Em oitenta e três, eu acho. Você era um garoto de oito anos. Teu pai sempre foi uma cara muito gentil e reservado, o mesmo doce de pessoa que você conheceu. Jaques era um homem simples e fácil de conviver."
"Ele tinha alguma relação com fazendeiros do interior do estado?"

"Fazendeiros? Não que eu me lembre."

"Máximo Leonel, o barão da soja?"

"Teu pai não tinha nada a ver com o mundo rural! Soja? Não me consta que algum fazendeiro comprasse pinturas na galeria do teu pai."

"Laura Yerevan?"

"Quem?"

"Esse nome te diz alguma coisa?"

"Não. Eu só tirava fotos de pinturas para o teu pai, Davi, não era amigo íntimo dele."

"Quem fotografava pra ele antes de você?"

"Vários fotógrafos. Não lembro os nomes."

"Alguém especial?"

"Acho que não... Teve um mais frequente, bem antes de mim, um cara das antigas, Salim alguma coisa. Não lembro o nome agora. Não cheguei a conhecer. Teu pai reclamava dele pra caralho, lembro disso. Acho que tiveram uma briga ou desavença, não sei direito. Dinheiro, mulher. Alguma rolou ali."

"Sabe se esse cara está vivo ou se continua na ativa? Salim do quê?"

"Davi, não sei te dizer. Nem sei se era Salim mesmo o nome dele. Parece que era conhecido da família de vocês. Era amigo do Jaques, companheiro das baladas de solteiro do teu pai."

"Tá certo, Bob, obrigado. Vou procurar saber com alguém da família."

"Boa sorte. Precisamos marcar uma saída."

"Vamos marcar, sim."

"Tem falado com a Ayana?", ele perguntou.

"Faz tempo que não falo."

"Parece que ela está indo bem lá em Nova York."

"Tenho certeza. A Ayana é muito talentosa."

"E arrojada."

"É linda de morrer", eu disse, não me contendo.
"Fiquei triste quando vocês terminaram."
"Eu também, Bob."
"Vocês formavam um casal equilibrado, eram uma prova de como o amor é capaz de milagres."
Não consegui dizer nada. Nem sempre o amor opera milagres, e Bob estava careca de saber disso.
"Voltar com ela não está nos planos?"
"Acho que não está nos planos *dela*."
"Você é igual ao teu pai, Davi. Vai esperar ficar velho pra ter um filho. Vai ser avô do filho. Por que não vai pra Nova York? Se joga, cara."
"Preciso acabar meu livro."
"Escreve lá, a Ayana está morando num loft."
Loft. A palavra soou como uma torta de comédia explodindo na minha cara.
"Antes eu teria que ligar pra ela."
"Sem dúvida."
"Eis a questão."
Nos despedimos.
Voltei à janela. Não havia mais cracudos na calçada. A ideia de que Ayana e eu formávamos um casal idealizado me perturbava.
Será que eu tinha medo da Ayana?

3.

Da janela da sala dava para ver a estação da Luz. Era a mesma visão de quando eu ia ao apartamento, de vez em quando, na infância. Agora o lugar parecia muito menor do que quando eu era criança. E mais velho e triste também.

Lúgubre, cheirando a mofo.

"Davi! Quanto tempo!"

Tia Herda continuava jovial e espirituosa, apesar de seus noventa e tantos anos. Se havia tristeza e bolor ali, certamente emanavam de mim.

"Que saudades", eu disse.

"Seu mentiroso desgraçado. Puxou teu pai. Os Zimmerman não sentem saudades. Entra."

Tristeza e bolor foram imediatamente varridos pela presença de espírito da velha prima do meu pai.

"O que deu em você? Senta."

"Saudades mesmo. Talvez eu não seja um Zimmerman autêntico."

"Quando você era criança, eu te achava com cara de grego. Agora…"

Ela me olhou intensamente enquanto me sentava no velho sofá verde-escuro. Gelei por dentro não sei por quê.

Bem, eu sabia por quê.

"Você continua com cara de grego."

"Isso é um elogio?"

"São homens bonitos, os gregos. Você ainda está namorando aquela moça?"

"Estamos dando um tempo."

"Me conta, o que te traz aqui? Não precisa dizer de novo que são as saudades. Os Zimmerman não suportam hipocrisia persistente."

"Meu pai."

"O que tem teu pai?"

"Ele é que me trouxe aqui."

"Sim, algumas vezes."

"Quero dizer que ele me trouxe aqui *agora*. E, antes que a senhora diga que os Zimmerman não acreditam em vida após a morte, eu esclareço: preciso desfazer alguns nós do passado."

"Esses são os mais difíceis de desatar."

"Eu preciso tentar."

"O que tá pegando, filho?"

"A senhora sabe que eu trabalho com jornalismo, mas que meu objetivo é ser escritor."

"Sei, claro. E você já não é? Adorei o seu livro sobre o Aleijadinho."

"A senhora leu?"

"Claro. Você pensa o quê? Que só você lê na família? Os Zimmerman são grandes leitores."

"Fico feliz, tia."

"Ótimo. Se você aparecesse de vez em quando, saberia mais de mim e dos Zimmerman. Mas puxou teu pai, sempre sozinho, enfurnado em si mesmo. Não te culpo, você foi criado pelo Jaques e... quer saber? Antes só do que mal acompanhado."

"Pois então, tia. Estou escrevendo umas coisas baseadas nas minhas memórias, mas quando penso na vida do meu pai antes de eu nascer descubro que não sei quase nada de como ela foi."

"O Jaques sempre foi um homem muito reservado e discreto. Amava pinturas e esculturas e trabalhou no comércio de arte desde muito jovem. Agora, existem dois Jaques, né? Um antes e outro depois que você nasceu."

"Como assim?"

"Discreto ele sempre foi, mas antes de você nascer ele era um farrista. Um boêmio. Adorava a noite, os artistas, as sirigaitas."

"Normal, tia. Era jovem e solteiro."

"A juventude do Jaques durou muito tempo. Assim como a solteirice. Ele era o que nós chamávamos de solteirão."

"Mas a chegada da Kynthia mudou a vida dele", eu disse.

"Não a da Kynthia. A tua chegada! Sem querer desmerecer tua mãe, a Kynthia foi mais uma entre tantas que o Jaques amou e cortejou ao longo da vida. Mas depois que você nasceu, Davi, o Jaques realmente se transformou."

"É verdade. Ele me disse várias vezes que depois que minha mãe engravidou ele virou outro homem."

"Foi isso mesmo. Eu não vi os dois durante a gravidez da Kynthia, eles moravam fora do país, acho. Quando te conheci, a Kynthia já tinha morrido e você já era um bebê bem grandinho. Você nasceu na Grécia, não foi?"

"Não, tia. Nasci aqui em São Paulo."

"Minha memória está péssima."

"Tudo certo, tia. E antes de eu nascer, meu pai tinha muitos amigos?"

"Alguns. Não muitos."

"A senhora lembra de algum Máximo Leonel, um fazendeiro?"

"Teu pai nunca teve amigos fazendeiros! Talvez clientes, compradores de arte. Não me consta que fazendeiros apreciem artes plásticas."

"Não devemos generalizar."

"Não, não devemos. Mas não me lembro de nenhum fazendeiro entre os clientes do Jaques. Talvez fosse algum conhecido. Bom, também eu não convivia com o Jaques o suficiente para saber o nome dos clientes dele e das pessoas que ele conhecia."

"A senhora sabe se ele conheceu uma moça chamada Laura Yerevan?"

"Não sei, Davi. O que é isso, um interrogatório da Gestapo? Tem muitos armênios aqui no bairro, mas não conheço nenhuma família Yerevan. De onde surgiram todos esses nomes? Dizem que a imaginação dos escritores é muito fértil."

"O problema, tia, é quando a gente começa a acreditar nas próprias invenções", eu disse.

"Minha memória está péssima, filho."

"E quem era o tal Salim, um fotógrafo que trabalhou com ele?"

"Salim? Quem te disse isso? O nome dele era Chap Chap. Da família Chap Chap, eram árabes. Desse eu me lembro bem! O Chap Chap."

"Chap Chap? Pensei que fosse Salim."

"Salim era o apelido dele na noite. Teu pai e o Chap Chap formavam uma dupla famosa nos bordéis da cidade, Jacó e Salim."

"Jacó e Salim?"

A menção desses nomes fez soar um alarme na minha cabeça.

"O judeu e o turco. Formavam uma duplinha do barulho. Gostavam de contar piadas, cada um desmerecendo as próprias origens. O Jaques contava piadas de judeus e o Chap Chap de árabes. O Jaques adorava perguntar para a pessoa qual a diferença entre o árabe e o judeu. A pessoa dizia que não sabia, e ele respondia que tanto o árabe quanto o judeu vendiam a mãe, mas que só o árabe entregava a compra. Quando era o Chap Chap que contava a piada, o final se invertia e era só o judeu que entregava a mãe, vendida como mercadoria. Dois bobos. O Jaques sempre dizia que se um dia ficasse doente se internaria no Sírio-Libanês, pois os médicos árabes eram mais competentes que os judeus. O Chap Chap dizia o contrário, que preferia se internar no Einstein, pois não confiava nos árabes. Tudo palhaçada. Como você bem sabe, seu pai morreu no Einstein."

"Então eles gostavam de frequentar bordéis, tia?"

"Parece que sim. Não era um assunto que seu pai comentasse muito comigo, mas parece que o Jacó e o Salim formavam uma dupla danada. Se dependesse dos dois, não haveria conflitos na Palestina. Só orgias."

Orgias. O substantivo no plural me bateu mal.

Teria igualmente batido mal no singular.

"Eles brigaram?"

"Amigos vivem brigando e reatando. Brigavam às vezes, claro."

"Digo uma briga maior, uma ruptura."

"Não sei, Davi. Já faz tempo e minha memória, como você vê, já está a caminho do jazigo. Quer chegar antes de mim ao outro mundo."

"A tua memória está ótima, tia Herda! Melhor que a minha, com certeza."

"Acho que o Jaques e o Chap Chap foram se afastando aos poucos, cada um seguindo seu caminho, essas coisas que acontecem na vida. Um belo dia você acorda e percebe que teu melhor amigo virou um estranho."

"O Chap Chap ainda está vivo, tia?"

"Não sei dizer, meu filho. Mas posso tentar descobrir. Eu tinha uma amiga de carteado que era aparentada do Chap Chap."

"Então não era só o Jaques que promovia um convívio amigável entre árabes e judeus..."

"A diferença é que eles confraternizavam na orgia e nós na biriba."

Definitivamente, *orgia* no singular também me bateu mal.

"Difícil vai ser lembrar do nome dessa minha amiga", concluiu tia Herda, mas eu não estava mais prestando atenção. De repente aquela busca me pareceu outra vez inútil e sem sentido.

4.

De manhã não entendi quando a campainha do meu apartamento tocou. Geralmente os porteiros me avisam pelo interfone quando alguém chega lá embaixo me procurando.

Olhei pelo olho mágico e vi Mary Marcolla.

"Desculpe vir sem avisar", ela disse logo que abri a porta. "Mas eu estava com uma coisa engasgada."

"Engasgada? Quer uma água?"

Ela riu: "No sentido figurado".

"Desculpe", eu disse. "Não dormi direito."

Antes que eu balbuciasse "Entra", a perua digital influencer síndica do edifício entrou.

"Uma graça teu apartamento! Quantos quadros lindos!"

"Pinturas. Meu pai era marchand, colecionador de arte."

Ela desfilava (literalmente desfilava) pela sala, olhando as obras nas paredes. E antes que eu perguntasse "Quer sentar?", ela sentou no sofá.

E cruzou as pernas.

Nunca tinha reparado nas pernas de Mary Marcolla.

Mais precisamente nas coxas.

Nas reuniões do condomínio ou em encontros casuais no saguão ou no elevador, ela nunca me despertou nenhum pensamento erótico, pelo contrário, sempre tive uma certa aflição daquela figura que se dizia digital influencer. Ela já não era jovem, mas se mostrava bastante preocupada com forma física, maquiagem, penteado e figurinos vistosos, o que permitia que eu a reconhecesse como uma amostra do que se chama genericamente de *perua*. Mas agora, vendo-a sentada no meu sofá, contemplando as pinturas com as pernas cruzadas, comecei a pensar nela de outra maneira.

Eram coxas douradas que emitiam uma energia forte. Eu não conseguia deixar de olhar para elas e acho que Mary percebeu: "E aquela tua namorada?", ela perguntou.

O que ela pretendia com essa pergunta?

"A Ayana. Não estamos mais juntos."

"Pena", ela disse. "Acho ela linda."

"E ela continua linda", eu disse.

"Vocês têm se visto?"

"Não, faz meses."

Ela ficou quieta, mas a interrogação flutuou no ar: como eu sabia que Ayana continuava linda se não a via fazia meses?

Bem, eu sabia.

"Você deve estar curioso sobre o meu engasgo."

"Engasgo?"

Mary riu: "Eu não cheguei aqui dizendo que estava com uma coisa engasgada? Como você é desligado!".

"Desculpe. Não dormi direito."

"Você já falou isso. Essa mesma frase."

"Além de desligado, sou repetitivo", eu disse.

"Inteligente, bem-humorado", completou Mary Marcolla.

Aquela mulher estava dando em cima de mim ou era impressão?

Sentei ao lado dela: "Me fala do engasgo".

E que porra de sobrenome estranho era aquele? Marcolla. Com dois eles. Um nome italiano igual ao apelido do criminoso mais poderoso do estado, o Marcola, líder do PCC preso em penitenciária de segurança máxima em algum cafundó do judas.

"O que está engasgado", ela disse, "é que você deve me achar uma perua afetada e superficial, quando na verdade eu sou uma mulher sensível e profunda."

"Você tem razão", eu disse.

"Que bom saber que você também é sincero", disse ela. "Adoro sinceridade." Ela descruzou as pernas para cruzá-las de novo, invertendo a posição.

"Você deve estar a perigo, hein?", ela disse. "Fica olhando pras minhas pernas com um olhar de súplica…"

Não consegui dizer nada. Ela se levantou: "Pode olhar à vontade, mas saiba que eu não gosto de homem".

"Não te censuro", eu disse. "Homens são estranhos."

"Não por isso. Mulheres também são estranhas."

Agora ela caminhava lentamente pela sala, olhando as pinturas de perto.

"Por que você não vem jantar com a gente um dia desses?", disse Mary, sem tirar os olhos das telas. "Eu e a Mirna vamos adorar te receber. Chama a Ayana também."

"A Ayana está morando em Nova York."

Notei um laivo de misericórdia no olhar de Mary.

"Ah, que pena. Vem sozinho, está convidado do mesmo jeito." Ela desviou os olhos para algum lugar atrás de mim.

"O que é aquilo?", perguntou, apontando alguma coisa às minhas costas.

Virei-me.

"Uma cristaleira."

"Em cima da cristaleira."

Fomos juntos até a cristaleira. Em cima dela, sem que eu tivesse me dado conta antes, uma tela sem moldura repousava esquecida.

A marina de Pancetti que meu pai tanto admirava.

5.

Passaram-se dois dias em que não avancei nem uma linha no meu projeto de *roman aléatoire*, a revolução literária que eu engendrava no silêncio de minha angústia e solidão.

Dias estranhos.

A horda de cracudos na rua em frente de casa começava a crescer à velocidade de uma nova invasão bárbara, a desesperar Mary Marcolla e os habitantes do bairro. O convite de Mary para que eu fosse jantar em sua casa ziguezagueava em minha mente. Algo me seduzia na ideia e, embora Mary Marcolla tenha deixado claro que não se sentia atraída por homens e que vivia com uma companheira, a perspectiva de jantar em sua casa me enchia de uma euforia adolescente, libidinosa.

Enquanto não me decidia, passei boa parte dos dias catalogando pela janela os cracudos que se moviam lá embaixo. Havia os godos, os visigodos, os ostrogodos, os suevos e os turíngios. Todos com aspecto de zumbis de Terceiro Mundo, andando a esmo pela rua em que antigamente crianças coradas e cachorrinhos sorridentes de madame conviviam em plena harmonia.

O telefonema de tia Herda interrompeu meu censo aleatório do crack.

"Alô, Davi? Lembrei o nome da minha amiga do carteado. É Sula. E também descobri onde está o Chap Chap."

Torci para que o telefonema me conduzisse de volta ao bom senso: "Espero que não seja no cemitério".

"Ainda não. Ele está internado no Sírio-Libanês. E antigamente, como eu te disse, ele costumava dizer que iria para o Einstein, veja só. A verdade se impõe quando a morte chega. Mas corre, Davi. Parece que o desgraçado está com o pé na cova. Ah, o primeiro nome dele é William."

"William?"

"Como William Blake", disse tia Herda, e desligou.

6.

Cheguei ao hospital Sírio-Libanês menos de meia hora depois de desligar o telefone. Entrar no quarto 307 deu um pouco de trabalho. Havia muitas pessoas concentradas no corredor, certamente membros da família Chap Chap e conhecidos de William, alguns parecendo beirar um século de existência. Expliquei que era filho de um grande amigo de William Chap Chap e, quando disse que meu pai era Jaques Zimmerman, senti alguns olhares curiosos cruzando o corredor em minha direção.

Deixaram-me entrar, me aproximei da cama.

Havia três mulheres em torno do enfermo. Pelo que entendi, filhas de Chap Chap. O velho fotógrafo descarnado fez um esforço para falar comigo depois de saber quem eu era. Parecia mesmo à beira da morte.

"Davi", ele disse. "Fico feliz que você tenha vindo se despedir."

Uma despedida não era exatamente o que me levara até ali. Me limitei a sorrir e nos demos as mãos.

O velho estava apoiado em travesseiros, vestido com aquela camisola verde-clara que os doentes usam nos hospitais. Os braços finos e flácidos tinham acessos que conectavam suas veias azuladas a um suporte móvel de metal, em que pendiam saquinhos plásticos com diferentes soros e medicamentos. Sinais vitais eram monitorados por um aparelho que emitia sons e avisos luminosos intermitentes. Tudo ali indicava a proximidade inexorável da morte. Sem soltar minha mão, Chap Chap olhou para as filhas.

"Tirem uma foto minha com o Davi. Não sei onde deixei meu celular."

Uma delas tirou o celular da bolsa.

"Eu tiro com o meu, pai. Depois te mando."

Posamos sorridentes para a foto. A filha mostrou ao pai a foto.

"Que saudades eu tenho da minha Minolta…", ele disse. E me encarou: "Como eu amava aquele puto do teu pai!".

Continuei sorrindo, apesar de me sentir desconfortável com o contato da mão do velho, que, embora vacilante e carente de força, não soltava a minha. Com a mão livre, ele fez um sinal para que as filhas se afastassem um pouco.

As mulheres sentaram no sofá, atentas ao pai.

"Quando tua mãe morreu daquela overdose horrorosa, tive muita pena do Jaques. Mas estávamos brigados naquele tempo. Me arrependo de não ter procurado por ele. Eu não te conhecia, não sabia da tua existência. Ninguém me contou que o Jaques e a Kynthia tinham tido um filho!"

Ele apertou minha mão com mais força e me olhou demoradamente antes de dizer: "Fico feliz que você tenha vindo, representando a memória do teu pai e a nossa amizade. É uma honra".

"A honra é minha. Minha mãe morreu num acidente de carro."

"Foi?"

"Na Grécia. Eu ainda era bebê."

"Grécia? Achei que ela tinha morrido em São Paulo."

"Foi na ilha de Creta. Ela era de lá."

"Tá certo, tá certo. Me perdoe, minha cabeça foi pro saco."
"Sem problema, de um jeito ou de outro ela já está morta."
"Estarei com ela em breve. Posso tirar a dúvida pessoalmente."
Ele continuava apertando minha mão. As filhas sorriram tristes para mim. Uma delas começou a chorar baixinho e disfarçou, para o pai não perceber. Ficamos todos em silêncio.
"Achei que quem tinha morrido num acidente de carro era a outra", ele disse quase num sussurro.
"Outra?"
"Sim. A outra."
"Que outra?"
Uma das filhas se levantou do sofá e foi até a cama.
"A Laura", prosseguiu o velho. "Foi a Laura que morreu num acidente de carro na Anchieta, quando ia pra Santos, não foi?"
"Pai…", disse a filha, passando a mão na cabeça de Chap Chap.
"Que Laura?", eu perguntei.
Ele soltou minha mão.
"Tudo bem, pai?"
Ele concordou com um movimento sutil da cabeça. Parecia fazer força para mover a cabeça.
"A Laura, da La Licorne. Foi por causa dela que nós brigamos, eu e o Jaques."
Minhas sinapses começaram a ensaiar uma dança diabólica, como se a engrenagem do universo começasse a se desintegrar a partir do meu cérebro.
"Você não lembra da Laura? Da La Licorne?"
Eu lembrava muito bem. Mas não consegui responder.
"Estou te confundindo com teu pai, me perdoe…", disse o velho.
As outras duas filhas se levantaram e vieram fazer companhia à irmã em torno da cama.

"Pai..."

Não sei exatamente o que eu fiz ou falei. Lembro apenas destas palavras de Chap Chap, como que inscritas em mármore: "Foi a Laura que terminou a minha amizade com o Jaques. Nós nos apaixonamos por ela. Dois amigos não podem se apaixonar pela mesma mulher. Como fomos imbecis".

O velho voltou a pegar minha mão, lembro disso e do esforço que fez para apertá-la.

"Foi a moça mais linda que eu já vi na vida."

"Pai!"

Não sei ao certo o que aconteceu depois. Quando dei por mim, tinha voltado ao corredor do hospital, zanzando entre os membros da família Chap Chap como os zumbis viciados em crack que eu via da minha janela.

Lembro de ouvir meu iPhone tocar. Apesar de ter lido *delegada Rafaela* na tela, não registrei imediatamente quem era. Atendi de forma mecânica.

"Davi? Rafaela Siqueira. Pegamos o pichador. Na verdade é uma pichadora. Em flagrante delito pichando *Deus está morto* na parede frontal da igreja Matriz Nossa Senhora da Conceição, em Ouro Preto."

7.

Lá de cima, nuvens e edifícios se encaminhavam para o mesmo ralo cósmico que tudo sugava com a força das maldições ancestrais. Eu jamais seria o mesmo e tinha consciência disso, apesar da confusão mental e da sensação de esfacelamento interior.
Não lembro direito de como fui parar ali.

Do hospital fui para casa, de casa me ejetei pro aeroporto de Congonhas carregando uma mochila com uma muda escassa de roupa e itens mínimos de higiene pessoal. O tempo todo eu só conseguia pensar numa coisa: meu pai conheceu Laura Yerevan e, mais que isso, foi apaixonado por ela.
Agora tudo parecia apontar para um sentido, embora quanto mais fatos eu descobria maior e mais profundo ficava o buraco que se cavava no meu tórax. A incógnita tomara uma forma imensurável, do tamanho do azul que eu vislumbrava da janela do avião.

Os lapsos de tia Herda e de Chap Chap teriam sido apenas falhas de memória de idosos ou fatos reais que eu desconhecia?

Teria eu nascido na Grécia?

Kynthia morreu de overdose?

Qual exatamente foi a ligação de meu pai com Laura?

Se por um lado as dúvidas cresciam, por outro a captura da pichadora parecia acenar com uma possibilidade de respostas.

Quem me aguardava presa na delegacia de Belo Horizonte e que revelações teria a me fazer?

Quem era essa pichadora?

Que ligação teria com os personagens da história que padre Robson me narrara?

E por que ela me conduzira indiretamente — se é que havia mesmo pretendido isso — ao Seminário Diocesano Santo Antônio, em Assis, para eu conhecer a tragédia dos Leonel?

Por mais perturbado que eu estivesse quando a delegada Rafaela me ligou, não deixei de notar que dessa vez a pichadora não havia seguido a sequência dos capítulos de A *abertura do Quinto Selo*. O capítulo quarto se ambientava em Sabará, na igreja de Nossa Senhora do Carmo, para a qual Aleijadinho esculpiu a portada e o frontão.

A hipótese da delegada era de que a pichadora, percebendo que a igreja de Sabará estava monitorada e bem policiada, optou por fazer a pichação em Ouro Preto mesmo, na igreja Matriz Nossa Senhora da Conceição. Mas ainda assim o laço com meu livro aparentemente permanecia, pois o pai de Aleijadinho foi quem construiu essa igreja Matriz, e ele e Aleijadinho estavam enterrados ali.

Adormeci por um momento.

Nos instantes em que permaneci desacordado, tive um sonho — ou um vislumbre de sonho, porque foi rápido —, em que os usuários de crack que frequentavam a minha rua tinham entrado no meu apê. Ao contrário do que se poderia supor, eu não estranhava que estivessem na minha casa. Eu os recebia como amigos e chegava a compartilhar seringas e cachimbos com alguns. Como se eu fosse um deles.

Logo que aspirei a droga, vi meus companheiros viciados pegarem as pinturas das paredes e irem embora com elas, fazendo desaparecer em minutos o vasto e valioso acervo que meu pai me legara. Chagall, Mondrian, Rauschenberg, Tarsila, Iberê Camargo, Portinari e Keith Haring desapareceram como algo que se liquefaz sobre a chama de um fogo: *crack*...

Estranhamente também, eu não me incomodei. Ao olhar as paredes vazias, não me alarmei com o desaparecimento do meu patrimônio, como se os viciados tivessem levado algo que não me pertencia. Como se me dissessem que aquele lugar, o apê onde eu tinha nascido e vivido a vida inteira, também não era meu.

No sonho, o apê era completamente diferente do meu. No entanto eu sabia que era ele, sabia que, por alguma razão que eu desconhecia, era o meu apê deixando de ser *meu*.

E eu não dava a mínima pra isso.

Quando despertei, me senti esquisito, como que invadido por alguma força sobrenatural. Perguntei-me se eu não estaria sendo vítima de paranoias variadas.

Que eu soubesse, a Cracolândia, grande reduto de viciados em crack e de traficantes que alimentavam seus delírios, tinha se instalado já há um bom tempo no centro de São Paulo, no bairro de Santa Efigênia, num ponto conhecido como Boca do Lixo desde os anos 1960. Por que aquele pesadelo urbano tinha se deslocado até a minha a rua, em Higienópolis, arrastando-se como um monstro de filme japonês por mais de três quilômetros até montar acampamento bem em frente à minha casa?

Por que aquela gente miserável e iletrada convergia para o templo onde eu cultivava as finas artes e a alta cultura sob o efeito de vinhos sofisticados e da melhor maconha da Califórnia?

E o avião pousou no aeroporto de Confins.

8.

O nome dela era Maria Elisa Goulart Panzi.

Tinha vinte e sete anos. Os pais eram separados. O pai, um emoldurador de quadros, vivia em Itajubá. A mãe, professora de gramática filiada ao PT, morava em Juiz de Fora com o segundo marido, um funcionário da companhia energética de Minas, a Cemig.

Maria Elisa, cujo apelido era Lisa Simpson, dividia com algumas amigas o aluguel de uma pequena casa no bairro de Renascença, na região urbana da capital mineira. Nascida em Ipatinga, mas criada em Belo Horizonte, Lisa se formara na UFMG em publicidade e propaganda. Trabalhou algum tempo como estagiária e depois como redatora em agências de publicidade. Por fim, tinha abandonado a profissão por não se adequar mais àquele "modo capitalista de viver" (palavras dela, segundo me contou a delegada Rafaela Siqueira).

Havia algumas informações de participação de Lisa Simpson em manifestações de black blocs desde os protestos de 2013.

"Não te falei?", disse a delegada, sorridente, depois de me

passar toda a ficha da pichadora e enquanto me conduzia pelos corredores da delegacia até a cela onde Lisa Simpson me aguardava no fundo do buraco dos enigmas.

"Uma ativista black bloc", prosseguiu. "Eu tinha certeza."

Que bom que a delegada ainda podia ter certeza de alguma coisa. Invejei-a de verdade.

"Obviamente eles perceberam que iam dançar se pichassem a igreja de Sabará, mas não esperavam que estivéssemos atentos também às igrejas de Ouro Preto."

"*Eles* perceberam? Tem mais alguém preso?"

"Ainda não. Mas claro que a moça não agiu sozinha. Na hora do flagrante estava só ela, mas sei que tem mais gente por trás disso. Minha equipe agiu muito bem. Estão de parabéns. Vamos tomar um chope depois. Quero que você conheça a galera."

Eu continuava atônito com as recentes revelações, e confesso que o fato de meu pai ter conhecido Laura Yerevan e se apaixonado por ela ainda me intrigava demais, a ponto de eu não registrar com a devida acuidade a avalanche de informações que a delegada Rafaela Siqueira despejava sobre mim.

Chope? Eu não estava no clima. E até ali as informações sobre a pichadora não me diziam nada.

Maria Elisa Goulart Panzi, vinte e sete anos?

Nascida em Ipatinga?

Filha de um emoldurador de quadros de Itajubá e de uma filiada ao PT de Juiz de Fora?

Ativista black bloc de codinome Lisa Simpson que vivia em Belo Horizonte?

Onde essas informações se cruzavam com o Barão da Soja de Assis nos anos 1970? Ou com a prostituta mais requisitada da boate paulistana frequentada por Henry Kissinger, a jovem descendente de armênios que havia morrido em 1975 ao despencar num abismo depois de derrapar numa das curvas da estrada de Santos?

Por que Lisa Simpson teria me conduzido até o padre Robson? Ou tudo não passava de um delírio?

9.

"Eu não poderia fazer isso", disse a delegada Rafaela Siqueira ao me introduzir numa cela que lembrava um quarto de hotel de beira de estrada, "mas vou deixar você trocar uma ideia rápida com a Lisa Simpson."

O investigador que nos tinha aguardado do lado de fora da cela disse que bastava eu avisar quando resolvesse sair. Ele se postou de costas para a cela e a delegada retirou-se em seguida, alegando a urgência de checar algumas informações.

Fiquei alguns segundos olhando para Lisa, tentando me concentrar. Ou esperando alguma reação reveladora dela. Ela se recusava a me olhar direto nos olhos.

Estava sentada numa cama, próxima a uma passagem que conduzia a um banheiro minúsculo. Lisa Simpson era muito magra, cabelo curto e traços finos, que em nada lembravam a filha de Homer e Marge, dos *Simpson*, que provavelmente inspirara seu apelido. Vestia uma camiseta preta de manga comprida e um jeans escuro, no pé um tênis vermelho e usava várias argolinhas nas orelhas. Tinha a expressão fechada, mas não demonstrava medo, ansiedade ou revolta. Apenas impaciência e mau humor.

Fitou-me de passagem enquanto distribuía olhares inconstantes pelas paredes da cela e pela porta gradeada.

"Oi", eu disse. Tentei ser simpático e expressei algo próximo de um sorriso.

Lisa Simpson não disse nada.

Permanecemos naquele impasse desconfortável por algum tempo. Eu em pé olhando para ela, ela sentada passeando os olhos pelo espaço limitado da cela.

"Quem é você?", ela perguntou por fim, da maneira mais desinteressada que conseguiu.

"Você não me conhece?", eu disse.

Pela primeira vez ela focou os olhos em mim, me estudando.

"Não. Eu quero falar com o governador, já disse."

"Com o governador?"

"Sim. Você é assessor do governador?"

"Não."

Lisa Simpson continuou de cara fechada, irredutível.

"Quem é você?", ela perguntou novamente, ainda sem me conceder a honra de um olhar direto. E antes que eu respondesse adicionou outros questionamentos: "Mais um cana? Assistente social? Negociador da polícia? Político?".

Eu estava decepcionado.

Não parecia que ela estivesse blefando. A maneira como me olhava era sincera. A impressão é que realmente ela não me conhecia.

De volta ao mundo encantado das hipóteses: se a moça tinha se comunicado comigo por meses através de pichações em igrejas e me enviado tantas informações precisas em forma de charadas, por que insistiria agora em fingir que não me conhecia?

O.k., uma suposição é que, mesmo tendo lido *A abertura do*

Quinto Selo e se tornado fã do livro, Lisa Simpson podia não conhecer meu rosto caso tivesse lido uma versão digital dele, na qual não consta minha foto. Natural que agora ainda não tivesse se tocado que estava falando com o autor.

Uma suposição.

Tratei de tirar essa possível dúvida dela: "Sou o Davi Zimmerman", afirmei com certo orgulho, crente de que o nome seria a chave para a solução dos meus enigmas.

"Quem?"

"Davi Zimmerman, o autor de A *abertura do Quinto Selo*."

"Não conheço."

Por que me senti tão decepcionado? O que eu esperava? Tietagem? Um pedido de autógrafo?

"Mas o livro você conhece..."

"Que livro, mané? Vai chamar logo o governador e para de me encher o saco!"

Mané?

Foi um pouco demais para mim.

Perdi a paciência: "Escuta aqui, estou num dia péssimo. Acabei de descobrir que meu pai não só conheceu Laura Yerevan como se apaixonou por ela! Agora você pode, por favor, me explicar do que se trata tudo isso?".

"Isso o quê? O mundo acabando, o Brasil desmoronando, as democracias ruindo, e você vem com esse papo nonsense? Yerevan o cacete. Foda-se o teu pai! Cadê o governador?"

"Por que você usou o meu nome para assinar as tuas pichações? Por que se referiu ao livro que escrevi sobre o Aleijadinho? Por que criou aquelas charadas complexas, Dória, London, Assis e o algarismo romano pra me conduzir até o padre Robson?"

"Caralho! Você tomou o quê, brother? Me dá um pouco disso. Viajou."

O investigador tinha se virado para nós: "Tudo bem aí?".

Fiz sinal que sim com a cabeça.

"Lisa Simpson, abre logo o jogo, por favor", eu disse, baixando o tom. "Pensei que você fosse minha fã."

"Fã?"

"Você usou meu nome para assinar algumas pichações."

"Já sei!", ela disse, e se levantou da cama. O investigador ficou alerta. "Você deve ser professor de filosofia! Tem cara. Desculpe, pensei que você fosse cana. É a parada do Nietzsche, certo?"

"Eu não sou professor de filosofia."

"Deus está morto", ela disse. "Deus está morto mesmo. Deus, o capitalismo, as estruturas sociais, as empresas… Você viu o que a Vale fez em Brumadinho? É justo isso? As instituições estão falidas, casamento, família, o caralho. Deus está morto, sim!"

Fiquei olhando para Lisa Simpson, que estava colérica, o rosto vermelho.

"Você está falando de política", eu disse.

"Claro! Vai chamar o governador", ela disse, e voltou a sentar na cama.

"Eu não estou falando de política. Nem de filosofia. As pichações não falavam de política."

"Claro que falavam."

"Não falavam", insisti.

"Do que elas falavam?"

"De mim."

Ela ficou me olhando. Pela primeira vez pareceu prestar atenção para valer na minha figura.

"Brother, você tá muito louco mesmo. É droga química?"

"O que você tem a me dizer sobre a família Leonel, sobre Laura Yerevan e o padre Robson?"

"Nada."

"Você sinceramente não tem nada pra me dizer?", perguntei.

"Claro que não. Não sei do que você está falando. Bizarro esse teu papo, cara. Nomes sinistros. Te mandaram aqui pra me confundir? Tipo tortura psicológica? Eu não tenho nada a dizer pra nenhum indivíduo. Eu falo pra sociedade. Ou pra alguém que a represente, como o governador, por exemplo."

Fiquei em silêncio.

Lisa Simpson prosseguiu: "Não tenho nada pra te dizer nem pra ninguém aqui. Só quero falar com o governador."

Continuei em silêncio.

Havia alguma coisa errada. Algo não se encaixava.

"Cara", ela disse, "não fica mal. Não é nada contra você. É que as individualidades não fazem mais sentido pra mim. Não me veja como um indivíduo. Os indivíduos não fazem mais sentido, entende?"

Não falei nada.

"Você pensa que foi um indivíduo que fez aquelas pichações todas?", ela perguntou.

Não tive tempo de responder, ela continuou.

"As pichações são de autoria de um grupo, de um movimento ativo, de mãos e cabeças que lutam juntas pelo fim do capitalismo."

"Entendi. Você não pichou tudo sozinha. Você faz parte de um grupo."

"Sim e não."

"Sim e não. Complexo."

"Eu faço parte, mas não somos um grupo organizado."

"Quem são vocês? A Família Simpson?"

"Agora você está sendo irônico."

"É meu último refúgio."

"Nós não somos uma família. Não somos nem um grupo. Somos as *pessoas*."

"As *pessoas*."

"As pessoas que habitam o planeta. As pessoas que fogem e se refugiam. As pessoas exploradas, que passam fome. As pessoas que sucumbem diariamente sob a lama!"

"Bastante genérico. E dialético. Você agiu e não agiu sozinha."

"Continuo achando que você tem alguma ligação com filosofia. Só um filósofo fala *dialético* desse jeito."

"De que jeito?"

"Como quem sabe o que a palavra significa."

Ela franziu os olhos, fez uma expressão de dúvida e levantou novamente. Se aproximou de mim.

"Vem cá, você é uma espécie de conexão?"

"Como assim?"

Lisa Simpson fez sinal para que eu falasse baixo.

"Desculpe não ter reparado antes."

"Reparado em quê?"

"Você é um canal da organização?", perguntou, quase sussurrando. "Te enviaram aqui pra fazer contato? Essas bobagens que você está falando são uma espécie de linguagem cifrada?"

Os olhinhos dela brilhavam.

"Acho que você está confundindo as coisas", eu disse.

"Foi você que fez as outras pichações?", ela perguntou. "Fala!"

Ela agora tinha, finalmente, a expressão de admiração que eu tinha desejado ver no início da conversa. Pena que pelo motivo errado.

"Você é surpreendente, Lisa Simpson."

"Obrigada."

"E também um pouco previsível."

"Talvez eu seja dialética."

"E oportunista. Além de bastante equivocada."

"Você é ou não é um pichador?", ela perguntou.

"Para sua decepção, eu não sou pichador, não faço parte do

seu grupo nem de nenhuma seita secreta ou de um movimento ativista. Mas entendi a jogada. Você é uma loba solitária."

"Agora você me sacou", ela disse, sentando na cama. "Sou uma loba solitária. Gostei."

"Você sentiu o movimento no ar e resolveu aderir por conta própria."

"Sim, ajo sozinha, mas ao mesmo tempo em sintonia com um grande grupo. Sabe o Estado Islâmico?"

Loba solitária, Estado Islâmico. Desvendei o enigma. Eu estava ficando bom nisso.

"Sei. Você viu as pichações, achou descolado e resolveu fazer uma pichação também, certo? Entrar na onda."

"Não achei *descolado*; achei *fundamentado*. E não chame meu engajamento de *entrar na onda*", disse Lisa Simpson.

"Certo. As outras pichações aconteceram em igrejas de cidades históricas, você se sentiu representada por elas e decidiu fazer a sua própria."

"Isso. E agora você não vai mais ouvir nenhuma palavra da minha boca. Só falo com o governador."

10.

Assim que deixei Belo Horizonte, um desânimo se abateu sobre mim.

A prisão da pichadora, que a princípio brilhara na minha mente como a solução dos meus enigmas pessoais, acabou desaguando num vácuo quando constatei que Lisa Simpson não passava de uma ativista mitômana e um tanto desajustada. Pelo menos foi o que concluí depois de falar com ela. Ao saber das notícias sobre as pichações anteriores, Lisa tinha se sentido impelida a aderir ao "movimento". Comprou um spray de tinta preta e pichou *Deus está morto* na primeira igreja que viu em Ouro Preto tão logo desceu do ônibus. Detalhe crucial: a pichação de Lisa NÃO foi grafada em letras góticas.

Quando saí da cela com a história dessa última pichação elucidada na minha cabeça, uma constrangida delegada Rafaela veio falar comigo. Ela tinha acabado de receber a mãe de Lisa, acompanhada de um advogado, trazendo um atestado médico que confirmava a instabilidade emocional e a mitomania patológica da moça. Ao se despedir, a delegada me garantiu que logo pegaria os culpados pelas depredações anteriores, mas agora eu tinha minhas dúvidas.

Para mim, a fase das pichações parecia encerrada.

Como se o único intuito delas tivesse sido me conduzir ao Seminário Santo Antônio, em Assis, e me fazer tomar conhecimento da tragédia da família Leonel.

Se eu estivesse certo, cabia a mim desvendar o motivo disso.

Logo que cheguei a São Paulo, fui direto do aeroporto de Congonhas ao hospital Sírio-Libanês. Queria falar outra vez com Chap Chap. Eu me sentia um pouco mais tranquilo e focado, e havia anotado uma série de perguntas para fazer a ele, que me ajudariam a entender melhor a relação de meu pai com Laura Yerevan.

Quando cheguei ao quarto 307, encontrei-o vazio. Uma enfermeira me disse que Chap Chap entrara em coma e tinha ido para a UTI. Peguei o elevador até o andar da UTI e, na sala de espera, fui recebido pelas filhas de Chap Chap. Além de me contarem sobre o estado grave do pai, me pediram desculpas pelas falas desconexas dele na véspera, quando o visitei. Alegaram que a doença o deixara confuso e que eu não desse importância às coisas que ele dissera.

Mas era tarde demais para eu não levar aquelas informações a sério.

Um pouco antes de nos despedirmos, uma das filhas me mostrou, no seu iPhone, a foto que tirara de mim e Chap Chap no dia anterior.

Perguntei se alguma delas tinha lembrança de meu pai ou de Laura Yerevan, mas elas não tinham.

Dei o número do meu celular para a filha de Chap Chap que havia tirado a foto e pedi que me enviasse uma cópia por WhatsApp.

* * *

    Dias depois tia Herda me ligou comunicando o falecimento de Chap Chap. Ela disse que o tempo curava tudo. Mas nem tudo pode ser curado pelo tempo.
    Olhei minha foto com o velho moribundo que a filha dele havia me mandado.
    Quisera ter feito mais perguntas a Chap Chap, ter entendido melhor a ligação de meu pai com Laura.
    Ao pensar nele, me lembrei de Ayana.
    Fiquei muito tempo olhando as pinturas na parede.
    Então vi a marina de Pancetti, que eu deixara encostada a uma parede, junto do rodapé.

11.

Ao contrário do que eu esperava, estar ali me trouxe uma paz desconhecida.

Cheguei ansioso, estacionei o carro, mas no momento em que entrei no cemitério da Filosofia, em Santos, uma calma estranha me invadiu.

Intrigava-me que nos anos passados desde a morte do meu pai eu não tivesse reparado na tela de Pancetti esquecida sobre a cristaleira da sala. Nem mesmo dona Isolina, a funcionária remanescente da época de meu pai, que fazia a faxina semanal em casa havia décadas, se tocara daquela pintura largada ali na cristaleira.

Foi essa marina esquecida por tanto tempo em casa que me levou a Santos, cidade em que meu pai tinha me dito que gostaria de morar só para ficar pintando marinas.

Em geral eu não gosto de paz. Desse tipo de paz, menos ainda.

Uma calma paralisante. Um estado semelhante ao da morte.

Seria porque eu estava num cemitério católico?

Nunca frequentei muitos cemitérios.

Kynthia estava enterrada na Grécia, no cemitério ortodoxo de Iráklio, que eu só visitara quando criança e do qual não me lembrava. Meu pai jazia no cemitério israelita do Butantã, em São Paulo, onde estive poucas vezes e cuja lembrança me remetia vagamente a jazigos simétricos e gramados extensos. Nada que se assemelhasse ao furor mórbido e caótico do cemitério da Filosofia, que parecia uma favela de mortos.

Na ala administrativa, um funcionário me informou que, como todos os cemitérios santistas já estavam digitalizados, eu poderia entrar no site do cemitério da Filosofia, digitar o nome da pessoa sepultada e descobrir o endereço e o número de sua campa.

Foi estranho digitar "Laura Yerevan" naquele espaço burocrático e cibernético. Me senti profanando um cadáver, como um necrófilo a chafurdar nos subterrâneos de uma tumba.

O que restaria da bela e enigmática Laura Yerevan sob o chão em que eu pisava?

Cinzas? Matéria orgânica? Restos de ossos e cartilagens misturados à terra salobra?

De posse do número da campa de Laura, me aventurei pelas alamedas do cemitério, seguindo por entre as tumbas. Como o cemitério Père Lachaise, em Paris, em que eu visitara, maravilhado, as tumbas de Jim Morrison e de Oscar Wilde na companhia do meu pai, o cemitério da Filosofia também abrigava tumbas de peregrinação mística. Vi mulheres rezando no jazigo da menina Jandaia, que morreu ainda bebê na década de 1930 e a quem se atribuíam milagres, e um grupo de homens sisudos, que me lembraram professores universitários, procurando pela tumba de Maria Mercedes Fea, assassinada pelo marido em 1928 no crime que ficou conhecido como o Crime da Mala.

Por fim cheguei ao jazigo 839 da quadra 19, uma pequena lápide de mármore negro com os dizeres "Laura Yerevan 20/05/1952 — 14/09/1975" cravados na pedra. Reparei que não havia flores nem velas no túmulo, como se ele estivesse abandonado havia décadas. Um pouco acima dos dizeres, uma foto oval sépia mostrava o rosto sorridente e desbotado da jovem que jazia ali havia quase quarenta e cinco anos.

O rosto não me disse nada. Era o de uma moça bonita, uma jovem sorridente, nada além disso. Não reconheci nela a deusa egípcia que enlouquecia os homens na La Licorne. A morbidez da situação me causou arrepios e uma sensação de desamparo e desolação. Senti medo, como uma criança que se depara pela primeira vez com a ideia da morte.

Olhei para o céu.

O céu de Santos que o mar sustentava como na marina de Pancetti.

Tive vergonha de que alguém me observasse e me confundisse com um crédulo mirando o céu na expectativa de que Deus desistisse do silêncio e enviasse, enfim, algum sinal decodificável.

12.

Dias se passaram.

Eu seguia, inutilmente, tentando fazer o romance deslanchar. Aceitei um frila para me distrair: escrevi para um blog literário uma resenha de *Se a rua Beale falasse*, de James Baldwin, ressaltando a atualidade e os aspectos visionários da literatura do grande escritor norte-americano do século XX.

Os cracudos persistiam em sua peregrinação intermitente, aparecendo dia sim, dia não debaixo da minha janela. Quando a polícia chegava, os viciados se dispersavam por um tempo. Depois começavam a se aglomerar novamente, até a polícia reaparecer. E assim seguiam em moto-perpétuo.

Não fui ao enterro de Chap Chap, prometi e não cumpri uma visita à tia Herda e um almoço com o Bob, e decidi ligar para Ayana e em seguida desisti umas dez vezes. Fumei uns beques, bebi algumas garrafas de vinho, virei uma noite ouvindo *Kind of Blue*. A obra magna de Miles Davis me lançou ao mar aberto no oceano da melancolia.

O tempo seguia seu fluxo inexpugnável: Sator Arepo Tenet Opera Rotas.

Arepo, o semeador, mantém com destreza as rodas.

Aceitei o convite de Mary Marcolla para jantar na casa dela.

Toquei a campainha e logo depois Mary abriu a porta vestindo uma roupa de ginástica.

"Estava malhando", se desculpou.

"Sem problema", eu disse. "Você fica bem assim."

"Presente?", ela perguntou.

Sim, eu tinha um embrulho na mão. Não era um buquê de flores nem uma garrafa de vinho tinto. Tampouco uma caixa de bombons. Entreguei o embrulho para ela abrir.

"A marina do Pancetti?"

Não me pergunte por que eu estava dando a marina do Pancetti para Mary Marcolla. Eu mesmo não sei. O fato de Mary ter descoberto a marina esquecida na minha cristaleira não justificava o ato.

"Não acredito! Você está me dando a marina do Pancetti?!", ela perguntou.

Eu também não estava acreditando. A pintura havia revelado um fio de Ariadne que talvez me conduzisse para fora do labirinto em que estava mergulhado.

Sem querer, Mary Marcolla tinha descoberto alguma coisa que eu ainda não sabia o que era.

Ela me abraçou com força: "Nem sei o que dizer...".

"Não precisa dizer nada."

Estávamos em pé na sala, a porta de entrada ainda aberta.

"Vem", ela disse, deixando a marina com cuidado em cima de uma mesa. "Vem pra cozinha, estou terminando de fazer o jantar. Eu ia me trocar, mas esse presente me deixou meio zoada e com a sensação de que já somos íntimos. Não sinto mais necessidade de me aprontar pra te receber."

Fomos até a cozinha.

"Você não liga se eu ficar com esta roupa de malhar, né? Eu falei que era um jantar informal."

"Tudo bem."

Eu também não estava trajando exatamente um smoking. Vestia jeans, camiseta e um velho blazer de veludo preto.

"E a Mirna?", perguntei.

"Atrasou no trampo. Publicidade, tá ligado? Daqui a pouco ela chega. Falou pra gente ir comendo. Vinho ou breja?"

"Vinho", eu disse.

Voltei para casa bem tarde.

Hoje em dia, quando bebo eu durmo mal e às vezes, no dia seguinte, esqueço o que fiz na noite anterior. Levantei cedo, por volta de oito e meia, com dor de cabeça. Olhei pela janela do quarto, e Arepo tinha perdido o controle das rodas. Parece ridículo, mas tudo recomeçou com a inscrição pichada num tapume do outro lado da rua, bem em frente à minha janela: *Deus está morto.*

PARTE VIII

1.

A primeira coisa que ele fez foi me beijar na boca.

Quando tento recordar com precisão a sequência dos fatos daquela manhã, sempre me confundo. Claro que a primeira coisa que ele fez *não* foi me beijar na boca. Isso só aconteceu quando já estávamos dentro do meu apê, depois de toda a confusão (ou melhor dizendo, *antes* que a verdadeira confusão se iniciasse). Mas é a primeira coisa que me vem à cabeça sempre que me lembro desse dia. E talvez seja a única imagem daqueles momentos que permanecerá intacta na minha memória: o estranho e inesperado beijo na boca que ele me deu.

Tudo começou no momento em que vi, da janela do meu quarto, a pichação *Deus está morto* — nas mesmas e inconfundíveis letras góticas das pichações de Minas Gerais — estampada no tapume do outro lado da rua, em pleno bairro paulistano de Higienópolis. Num impulso, desci ao térreo. Lembro que, como o elevador estava demorando, fui pelas escadas. Na calçada, notei, de forma imprecisa, que cracudos variados pairavam pelas imediações como figuras de Chagall; minha visão estava focada era no tapume e na frase de Nietzsche, que, como um ímã, atraía minha atenção. Atravessei a rua correndo e postei-me em frente à pichação. Para quem passasse por ali eu devia estar parecendo alguém apreciando em êxtase uma obra de arte da magnitude de um *Guernica* ou de uma *Monalisa*. Com certeza me confundiriam com mais um viciado imerso em uma viagem delirante. Passado algum tempo, ao olhar para os lados à procura do pichador, reparei em cracudos correndo, sirenes soando, a polícia chegando com estrondo, viaturas se aproximando com pneus guinchando em freadas bruscas, a atmosfera de Chagall se transmutando no mais puro pesadelo de Bruegel com traços de Basquiat. Homens do batalhão de choque abriam caminho entre os zumbis do crack à base de cacetadas e safanões. Alguém me empurrou, fui tragado pela multidão, uma bomba de gás lacrimogênio explodiu em algum lugar.

"É o Apocalipse!", um homem gritou ao meu lado. "A abertura do Quinto Selo!"

Ele me fitava com um olhar irônico e muito expressivo.

"Quem é você?", perguntei.

Fui empurrado novamente, o homem também, cracudos gemiam, um policial berrava "Calma!", pessoas passavam na minha frente, fumaça me limitava a visão. Ouvi o baque seco de um cassetete de borracha atingindo alguém, olhei, era uma mulher, atingida no joelho.

"Quem é você?", gritei para o homem.

Embora um pouco mais distante, ele continuava me olhando de maneira intimidadora, alheio ao que acontecia à nossa volta. Cracudos e policiais se interpunham entre nós, mas eu não desviava os olhos da figura.

Era um sujeito de cerca de sessenta anos, cabelo grisalho

basto e bem aparado. Podia ser um cracudo, havia cracudos de todo tipo ali, mas o homem tinha um aspecto saudável, aparentava boa forma e me dirigia um olhar sóbrio e atento. Não se adequava ao figurino clássico do dependente de drogas, embora um brilho de alucinação escapasse de seu sorriso.

"Quem é você?", repeti, embora a essa altura eu já tivesse uma suspeita.

Não houve tempo para muita coisa, a polícia começou a conduzir a multidão para os camburões, que surgiam de todos os lados. Eu estendi o braço para o homem, ele agarrou minha mão e fomos passando pelos policiais e cracudos que protagonizavam a batalha campal até conseguirmos chegar relativamente incólumes à entrada do Albert Sabin. Genésio, o porteiro, demorou um pouco para me reconhecer e destravar o portão, assustado com o caos.

Eu e o homem caminhamos em silêncio pelo pequeno jardim que levava ao saguão de entrada, onde fomos recepcionados pelo olhar curioso e preocupado de Genésio. No elevador, como um autômato, voltei a perguntar algumas vezes quem ele era, embora minha intuição sobre sua identidade continuasse forte. Assim que entramos em casa, o homem me beijou com força na boca, comprimindo os lábios contra os meus.

Assustado, desvencilhei-me do beijo e perguntei:

"O que eu faço agora? Abro a porta pra você ir embora e não voltar nunca mais?"

"Calma", ele disse. "Isto aqui não é um romance do Dostoiévski. De acordo com o meu projeto, agora é o momento em que você nos serve um uísque, em que sentamos no sofá e em que eu passo a responder calmamente a todas as perguntas que você me fizer."

E foi ali que eu comecei a deixar de ser eu.

2.

"Por que tudo isso? Essas pichações, esses enigmas? Por que esse trabalho todo?" foram as minhas primeiras perguntas para Alexandre Leonel.

Ele já tinha dado um gole do Glenfiddich Special Reserve que eu servira a nós dois, mas deu mais um antes de responder:

"Brilhante! Agora você me surpreendeu, finalmente. Eu esperava que sua primeira pergunta faria referência a *você mesmo*. Achei que, antes de tudo, você gostaria de saber de quem você é filho, o que seus pais faziam antes de você nascer e tal, *essa merda toda meio David Copperfield*. Mas você está curioso a *meu* respeito. Surpreendente."

O tom dele me arrepiou.

Talvez eu não quisesse saber de nada que ele tinha para me contar.

"Comece pelo começo", eu disse, "prossiga até o fim depois pare."

Alexandre Leonel se encantou com minha resposta.

"Perfeito. Eu não poderia simplesmente aparecer aqui um

belo dia, bater na sua porta e contar tudo o que você precisa saber."

"Então resolveu me beijar..."

"Sim."

"Depois de bolar esse jogo intrincado", observei.

"É mais que um jogo. Mas entendo que você se refira a isso como um jogo. Pra mim é uma forma de arte."

"Arte? Me dar um beijo na boca depois de quase levarmos uma surra da polícia no meio de uma blitz contra os cracudos? Pichar igrejas com recados esotéricos sem a certeza de que chegariam a mim?"

"Eu sabia que chegariam. E o beijo foi só pra dar um toque dostoievskiano, literário. Foi um beijo afetuoso, desprovido de qualquer conotação sensual ou romântica. A intuição e a telepatia têm função importante nessa obra, e logo você vai descobrir por quê."

Fiquei quieto. Ele deu mais um gole no uísque. Dei também, apesar de ainda sentir os efeitos da ressaca da bebedeira da noite anterior no apê da Mary Marcolla e de ainda não ter tomado café da manhã.

Eu estava obviamente curioso e excitado com a possibilidade de ver, enfim, todas as minhas dúvidas dissipadas. Estava nervoso e apreensivo também, pois algo me dizia que aquele sujeito era o mensageiro de revelações terríveis que eu talvez não estivesse pronto — nem disposto — a ouvir. Mas, acima da curiosidade e da apreensão que me agitavam, alguma coisa naquele homem me irritava muito. Sua calma e ironia denotavam uma presunção que me agredia. Quem dera àquele sujeito o direito de interferir no meu destino e jogar com as minhas emoções?

"A história é um pesadelo do qual tento acordar...", ele disse.

"Por que você está citando James Joyce?"

"Deve ser por causa do uísque."

"Você não parece bêbado", eu disse.

"E não estou mesmo."

"Então o que James Joyce tem a ver com o uísque? Joyce era irlandês e o uísque é escocês…"

"Ambos falam inglês!", ele respondeu, rindo. "Ah, não me leve tão a sério, Davi. Sou só o filho meio desequilibrado de um fazendeiro caipira."

E deu mais um gole no uísque.

"O.k.", eu disse, "então você chama de obra de arte o que eu chamei de jogo."

"Sim. Sei que você vai acabar me entendendo, afinal você escreveu uma obra interessante tendo o Aleijadinho como personagem, e você foi criado por um marchand, por um amante das artes plásticas. Mesmo eu sendo só o filho desajustado de um fazendeiro caipira, senti desde cedo o chamado da arte. Primeiro ela se expressou na forma da linguagem cifrada que eu enxergava desenhada nos troncos das mangueiras. A linguagem cifrada me levou à observação dos movimentos das formigas, à descoberta de diamantes dentro de jabuticabas e ao discernimento do Topo Gigio no formato de algumas nuvens. Tudo ao som de Cascatinha e Inhana, que meu pai adorava, e do Led Zeppelin, que meus irmãos veneravam. Depois vieram os livros que eu pegava na estante do meu avô. O primeiro chamado objetivo veio do Jack London. Fugi da suruba sufocante do meu pai, subi no vagão de um trem e nunca mais parei. Foi um longo aprendizado. Até por um seminário cheio de padres sexualmente perturbados eu passei. Fazer o quê? Primeiro achei que meu caminho estava na literatura. Mas não é pela literatura que eu me expresso. Descobri que, apesar de eu amar a literatura, minha relação com ela se dá pela leitura, e não pela escrita. Em Assis, na adolescência, eu via o pintor de arte primitiva Ranchinho. Ele parecia o cruzamento genético bizarro e aterrorizante do Carlitos, do Chaplin, com o Mazzaropi. Um Frankenstein baixinho. Ele era um desses loucos da cidade de quem as crianças riem. Mas era um homem doce e sensível. Ele passava muito tempo na igreja vendo as missas e depois ia se masturbar atrás do coreto na praça da catedral. Ele pintava com guache em tampas de caixas de sapato vazias que meu avô dava pra ele. O Ranchinho passou a ser o paradigma do artista pra mim. Fui por aí: tentei artes gráficas, videoarte, performance. Fiz todo tipo de sandice nos anos oitenta. Muita loucura. Comi carne crua pendurado de cabeça para baixo em clubes de rock do Bixiga. Passei um tempo em Barcelona trabalhando com o grupo La Fura Dels Baus. Morei numa comunidade, fumei baseados com refugiados chilenos e poetas mexicanos junkies. Viajei pelo Nepal, fui atrás de revelações místicas em mosteiros e montanhas geladas. Vaguei pelas florestas, experimentei as raízes mágicas dos índios e sofri a sede dos desertos. Depois fui pra Nova York e conheci o Nam June Paik. Através dele fiz contato com artistas incríveis que atuavam em Nova York naquela época. Tomei muito *speed* no banheiro nojento do CBGB. Me vejo como uma mistura de Forrest Gump com Macunaíma, se é que isso é possível. Mas foi a Marina Abramovic quem me incendiou o coração definitivamente. Se o que ela fazia era arte, qualquer coisa podia ser arte. Já estávamos a anos luz do urinol do Duchamp e da lata de sopa do Warhol. A questão era encontrar o *meu* urinol e a *minha* lata de sopa. E assim comecei a desenvolver o meu trabalho. Eu trago o cheiro de estrume dentro de mim. Teve um grande artista plástico paulistano e fabuloso dândi do século passado que me chamava de 'caipira moderno'. Nas festas antológicas que ele dava no apartamento dele, regadas a cocaína e a palavras lançadas ao vento do Itaim, ele dizia que adorava 'caipiras modernos'. Acho que desde o movimento modernista do século vinte a elite paulista tem como tradição ceder alguns de seus filhos rancheiros à vanguarda urbana. No meu caso, como eu havia passado um tempo no seminário, a minha arte não tinha como não estar encharcada da culpa, da dor, do sangue e da merda da religião católica. Mas veja bem: nunca me interessei pelo ativismo político, pichar frases de Nietzsche na parede de uma igreja só pra desrespeitar as crenças alheias. Não, nada de ativismo antirreligioso, ateísmo combativo, nada disso. Essa é uma ideia velha e nem um pouco artística, no meu entender. Não gosto de política."

Alexandre fez uma pausa.

"Tem água?", perguntou.

Fui pegar água na cozinha.

"Então", eu disse quando voltei para a sala, "tudo não passou de uma performance artística?" Também bebi água, a ressaca me deixara com sede.

"Sim e não, como diria Buda. É arte na forma. Mas a forma da minha arte é a vida como ela *é* na essência. Desculpe se sou pretensioso e enigmático."

"Ou seja", eu disse, "toda essa estratégia das pichações e de me propor charadas é a sua forma artística, pura e livre de compromissos políticos e ideológicos. Porém, o conteúdo da sua obra, os fatos que você quer me revelar, compõem a verdade em sua percepção mais objetiva."

"A revelação é o que dá consistência ao que faço."

"E a sua arte, digamos assim, não tem nenhum uso prático."

"É um inutensílio, como toda obra de arte que se preze."

"Nem gera lucro", acrescentei.

"Como poderia? Algum museu se interessaria pelas minhas pichações e suas implicações físicas e metafísicas? Minha comunicação telepática com você? Eu te conduzindo até Ouro Preto, Belo Horizonte e Assis, como alguém manipulando um personagem de videogame com um mouse? Me aproximo mais dos grafiteiros, que exercem sua arte em muros e paredes públicas, sempre correndo o risco de ser presos por manifestar sua mensagem. Você não encontra paredes pichadas à venda em galerias. Grafiteiros fazem a arte pela arte, como ela deveria sempre ser feita."

"Entendi. Você é uma espécie de Banksy tupiniquim."

"Não tente me catalogar, Davi! E não me reduza, por favor. Banksy é um exibicionista idiota. Eu sou anônimo."

"Você é um romântico", eu disse. "Um romântico delirante, ingênuo e meio confuso."

"Um primitivo. Um primitivo sofisticado", ele disse.

"Uau!"

"Fazer uma coisa perigosa com estilo, isso é o que eu chamo de arte."

"Agora você está citando o Bukowski", eu disse.

"Você há de convir que as minhas citações são bem oportunas."

"Você deve ter se dedicado bastante à sua arte", eu disse. "E teve tempo pra isso. Afinal, dinheiro nunca foi problema pra você."

"Foi pra você?"

"Pensei que era eu quem fazia as perguntas."

"Davi, desarme-se. Eu estou do seu lado. Sabe, nunca tive problemas para me manter. A soja me sustentou esses anos todos graças aos depósitos regulares e infalíveis do meu querido Winston, meu brother mecenas. O Jaques também não falhou com você."

"Você fala *Jaques* como se tivesse conhecido meu pai."

"Não o conheci pessoalmente, mas ouvi falar muito dele. Quer entrar nesse assunto agora?"

Eu não queria. Nem agora nem nunca.

"Conheci o Winston", eu disse.

"E o que achou dele?"

"Ele me disse que não conhecia nenhuma Laura Yerevan."

"Opa! Estamos dando um salto repentino pra frente? *Fast*

forward? Você não disse pra eu começar do começo? Ou foi só pra citar o Lewis Carroll? Quer falar da Laura Yerevan então?"

Eu não queria.

"Antes eu gostaria de entender um pouco melhor essa sua obra", respondi.

"Não é incrível? Você já está sentindo os efeitos da minha obra, como alguém inoculado com uma droga desconhecida. Uma pintura do Frank Stella ou do El Greco te proporcionaria essas emoções? Talvez uma do Pollock, com seus efeitos psico-químicos. Mas me sinto mais próximo do Proust do que de qualquer artista gráfico. *Em busca do tempo perdido*, por exemplo: Proust criou mais que uma obra-prima da literatura. Ele inventou alguma coisa científica ainda não comprovada. Um estado mental."

"Além de romântico e ingênuo, você é bem pretensioso e enlouquecidamente superficial. Maluco *pra caralho*."

"Rá! Amei a definição", disse Alexandre. "Me representa. Relaxa, menino. Maluco eu já admiti que sou mesmo. E 'superficial' é uma descrição que me enaltece."

"Se você sabe de coisas tão importantes que eu deveria saber, por que só agora decidiu me contar? Há quanto tempo você sabe dessas coisas que quer me revelar?"

"O.k. Agora você quer entrar nos detalhes técnicos. Entender meu processo de criação."

"Isso."

"Ganhar tempo."

"Talvez."

"Talvez, talvez. Davi, eu sei da tua existência e da do teu pai há muitos anos. Sei de muitas outras coisas que te dizem respeito e das quais você não faz a mínima ideia. Mas tudo que eu talvez te revele só passou a fazer sentido de uns tempos pra cá, depois de ler seu livro, *A abertura do Quinto Selo*."

"*Tudo que eu talvez te revele*? Por que o 'talvez'?", perguntei.
"Você ainda não me disse se quer mesmo que eu te revele."
Eu queria?
"Quem está demonstrando hesitação aqui é você, não eu", ele prosseguiu. "Foi você que introduziu o advérbio 'talvez' na conversa."
"O que no meu livro fez você iniciar o processo?"
"O.k., de volta ao questionário cultural: eu percebi que você entenderia a minha obra."
"Porque somos ambos artistas?", perguntei.
"Porque estamos em contato telepático."
"Ah! E agora entramos no pântano esotérico. Talvez eu comece a duvidar da tua sanidade mental, Alexandre."
"Me chama de Alex. E para usar uma palavra que você está repetindo compulsivamente: sim, *talvez* você comece a duvidar da minha sanidade mental."
"Não acredito em telepatia nem vejo o que isso pode ter a ver com tudo que está acontecendo."
"Nós dois estamos aqui, não estamos?", ele disse, com um sorriso. "Conversando e bebendo uísque. Você sabe muita coisa da minha vida e eu da sua. Nós nunca tínhamos nos visto nem conversado. Nos comunicamos por meses através de mensagens cifradas em paredes de igrejas de Minas Gerais."
"Eu não chamaria isso de telepatia", eu disse.
"Como você chamaria?"
"De novo você fazendo as perguntas..."
"Você me perguntou o que no seu livro me fez iniciar o meu processo artístico e eu respondi. Às vezes as respostas chegam disfarçadas de perguntas."
"Bela frase", eu disse. "De quem é?"
"Essa é de minha autoria mesmo."

"Você captou uma mensagem telepática no meu livro?", perguntei.

"Sim."

"Qual era a mensagem?"

"Deus está morto."

"Agora você se fodeu, Alex. Essa frase é do Nietzsche. E ela *não* está no meu livro."

"Eu falei que era uma mensagem telepática, não uma frase impressa."

"Agora você me deixou preocupado", eu disse, e estava sendo sincero. "Me fez lembrar do Mark Chapman, o assassino do John Lennon que, no momento do assassinato, tinha com ele o livro O *apanhador no campo de centeio*, do Salinger. Como se o livro estivesse enviando mensagens subliminares pra ele."

"Eu não vou te matar, Davi. Não sou um psicopata. Mas posso ir embora já e nunca mais voltar. Basta que você me peça."

"Às vezes você também me parece um impostor", eu disse.

"Um impostor pra mim mesmo, claro, isso eu sou. Todos nós somos."

O interfone tocou na cozinha.

Fui atender, era o porteiro Genésio querendo saber se estava tudo bem. Respondi que sim. Pelo jeito todos estavam em contato telepático comigo.

Voltei para a sala, Alexandre Leonel continuava no sofá, bebericando tranquilamente seu uísque.

"Por que aquelas letras góticas?", perguntei.

Ele sorriu: "Eu sabia que esse detalhe ia te intrigar".

"Mais que me intrigar, me divertiu."

"Divertir é umas das funções mais nobres da arte."

"Quem você está citando agora?", perguntei.

"Ninguém. Outra frase minha."

Ficamos um tempo em silêncio, ouvindo a sirene de uma ambulância.

"Eu me compadeço dos viciados em crack", disse Alex.

"Isso não tem nada a ver com arte", eu disse.

"Não", ele concordou. "Nem com religião."

3.

Para Alex foi fácil passar por mendigo, bêbado ou turista excêntrico e observar com calma o momento certo de agir nas madrugadas, aproveitando os descuidos dos guardas e funcionários da segurança das igrejas mineiras. As câmeras de fiscalização foram localizadas e neutralizadas com tranquilidade, às vezes desviando um pouco a posição delas, outras vezes com manobras corporais complexas e, em alguns momentos, até com intervenções mais objetivas, como pedradas certeiras para danificar os aparelhos.

"Pichar os profetas me deu um trabalho danado", ele contou.

O plano inicial era pichar todos os profetas, mas a competência de um vigia, que não se deixou distrair com a explosão de um artefato nos fundos da igreja, fez com que Alex desistisse dessa operação no meio dela. Insucessos como esse foram raros. Em geral Alexandre Leonel conseguia atingir seus objetivos depois de muito estudo e planejamento. Todas as ações foram operadas com afinco e precisão, afinal aquela era a sua obra.

"Você já viu aqueles filmes do Pollock no ateliê dele, jogando tintas na tela?", ele perguntou.

Assenti com a cabeça.

"Reparou na concentração do homem? Na disciplina? Esse tipo de coisa é que me inspira. A transcendência de certos atos. Escrever haicais. A emoção do soldado do Napoleão quando descobriu por acaso a Pedra de Roseta incrustrada como um tijolo na parede de um forte. A punheta do Ranchinho atrás do coreto da praça."

"Às vezes tenho a impressão de que você menciona esses momentos todos da história só para demonstrar uma profundidade intelectual que você não tem", eu disse.

"Claro", ele concordou. "Como todos nós fazemos."

O contato comigo, disse Alex, era a sua obra-prima, "ainda em construção", fez questão de frisar. E ela não era a primeira. Ele havia adquirido experiência com outras obras de grande porte, todas "anônimas", disse com um olhar irônico.

Lívia tinha sido sua obra inaugural.

No final dos anos 1980, Alexandre Leonel foi à Europa procurar sua primeira namorada. Mas ele não queria apenas encontrá-la; desejava construir uma obra de arte — segundo sua peculiar definição de obra de arte — cujo centro gravitacional fosse seu reencontro com o primeiro amor. De acordo com ele, o tema principal de suas obras era "sempre uma reconciliação, um reencontro ou o desvendamento de um enigma pessoal oculto".

Ele queria retribuir a Lívia as mesmas emoções que ela lhe proporcionara ao tocar sua flauta doce na fonte do jardim do seminário em Assis, encantando-o com as notas de "Jesus, alegria dos homens". Queria causar à antiga namorada um assombro capaz de fazê-la perder a respiração, acelerar seus batimentos cardíacos e desorientar temporariamente suas percepções de tempo e espaço.

Como se pagasse uma dívida ou retribuísse um favor.

Alex vagou por meses pela Europa, reunindo fragmentos de

lembranças e informações, buscando pistas do paradeiro de Lívia. Encontrou a mãe dela numa casa para idosos nas imediações de Fontainebleau, na França. A velha senhora já se encontrava num estado avançado de senilidade e não reconheceu Alex nem se lembrou dele. Mas tirou da gaveta alguns cartões-postais de Lívia remetidos da Cidade do México.

Alex voou para o México e descobriu que Lívia trabalhava no Museu Nacional de Antropologia do México. Ao observar o dia a dia de sua ex-namorada, sem que ela o notasse, Alex sentiu que fraquejava e que não conseguiria se aproximar dela. Lívia estava casada com um antropólogo francês que também trabalhava no museu da capital mexicana. Eles tinham um filho pequeno, de cerca de cinco anos, portador de uma deficiência que o fazia viver preso a uma cadeira de rodas.

Esse detalhe, o filho especial, desconcertou Alexandre.

"Aquela situação me pegou de surpresa e me desencorajou", ele disse. "Não consegui seguir com meu plano. Depois de algumas semanas observando a vida cotidiana de Lívia, me senti perdendo as forças para concluir minha obra. Aquela criança na cadeira de rodas, que nem parecia uma criança infeliz, me enchia de uma melancolia paralisadora. Acho que era a culpa inculcada em mim nos tempos de seminário me impedindo de agir com racionalidade. Meu projeto era fazer com que Lívia escutasse por dias seguidos, ao amanhecer, 'Jesus, alegria dos homens', executada numa flauta doce, sem nunca saber quem tocava a música. Ela morava num sobrado no bairro de Coyoacán. Eu já tinha preparado tudo para escalar o telhado da casa vizinha à dela, de madrugada, e tocar a flauta ao nascer do sol, quando certo dia um desânimo definitivo tomou conta de mim. Foi numa alameda do bosque de Chapultepec, numa manhã de sol, observando Lívia e o marido passearem com o filho na cadeira de rodas, que desisti de levar a cabo minha obra.

"Na época eu ainda tentava decifrar o que realmente eu estava criando, sem no entanto encontrar as respostas necessárias. Mas nasceram ali os fundamentos, o método, as anotações e estratégias que cataloguei na minha cabeça. A flautinha doce, guardo até hoje como um troféu. Embora tenha sido uma obra inacabada, considero minha obra inaugural. Com Lívia descobri os fundamentos do meu estilo. Na verdade, descobri outras coisas também, mas elas não vêm ao caso agora."

4.

Alex não quis dar maiores detalhes de outras obras que ele tivesse concluído. Discorreu de forma genérica sobre seus intuitos estéticos e sua obstinação em ajudar pessoas a se reencontrar consigo mesmas e conduzi-las ao âmago de seus infernos e paraísos pessoais através de charadas e enigmas.

Contou de uma tentativa que fez para atrair seu irmão Winston, já nos anos 2000, até Bron-Yr-Aur, o chalé de pedra no País de Gales onde Jimmy Page e Robert Plant passaram um tempo compondo música para os discos do Led Zeppelin em 1970. Outra obra inconclusa.

"Minha ideia era fazer o Winston ir lá conferir se o espectro do nosso irmão César realmente estava habitando aquele lugar, como ele gostava de imaginar."

"E o que deu errado?"

"O Winston não mordeu minhas iscas. É um acomodado do caralho. Sempre foi. Mas nas minhas pesquisas e preparações tive a oportunidade de ir até Bron-Yr-Aur e constatei que não só o espectro de César estava ali como o de seu amigo Donizetti também. O amigo que ele matou acidentalmente."

A tarde já ia avançada.

Preparei uns queijos, azeitonas e torradas para nós, antes que a embriaguez turvasse minha percepção de tudo que acontecia ali.

"Interessante que algumas de suas obras tenham dado errado", eu disse. "Será que seu envolvimento emocional com a Lívia e o Winston atrapalhou? É mais fácil pra você usar desconhecidos como temas de suas obras?"

"Talvez mais fácil que os desconhecidos sejam os solitários."

Essa constatação abriu um pequeno buraco no meu peito.

"Eu sou um solitário", eu disse.

"Ou então os descomprometidos."

"Presente."

"Veja, não há regras ou fórmulas. O interessante é que a telepatia esteja na raiz de tudo, mesmo quando não se consegue perceber a presença dela."

"Você insiste nesse negócio de telepatia."

"É que a telepatia foi o começo de tudo. Antes de eu procurar a Lívia, antes até que eu tivesse o insight de transformar minhas inquietações em arte, houve uma situação que, se não chegou a caracterizar uma obra no sentido em que defino minhas obras, funcionou como ponto de partida para tudo o que aconteceu depois."

"Que situação?"

"Mil novecentos e oitenta e seis, eu me lembro bem. O ano do acidente nuclear de Chernobil. A primeira viagem que fiz à Europa movido por um desejo de investigar."

"Investigar?"

"Sim. Como você está investigando agora, Davi. Sem saber direito por quê. Não era arte ainda na minha cabeça. Era só a boa e velha investigação. Sherlock Holmes, Édipo, Ed Mort, *you name it*. Fui à Itália atrás de Laércio Yerevan."

Alexandre Leonel me fitou consciente do efeito que o nome Yerevan causou em mim.

"Não foi uma investigação a troco de nada", eu retruquei. "Na sua família, pelo que eu sei, sempre houve uma dúvida sobre a provável existência de um filho de Laura e Winston. Sua mãe desejava dissipar essa dúvida."

"Não, essa história já estava esquecida, e a memória da minha mãe é que começava a se dissipar."

"O padre Robson também foi à Itália atrás de Laércio Yerevan."

"Eu cheguei três anos antes dele."

"Você encontrou o Laércio?"

"Em carne e osso. Ele já sofria as consequências da aids, mas estava vivo e consciente. Quando o padre Robson chegou, ele já havia morrido."

"E o que você fez quando encontrou o Laércio?"

"Perguntas."

Alexandre Leonel voltou a me fitar em silêncio, com um olhar expressivo e intrigante. Não tenho certeza se notei os primeiros reflexos do crepúsculo no céu. A única coisa de que eu tenho certeza é que percebi que chegara a hora de eu fazer perguntas mais corajosas.

Ou melhor, de fazer *a* pergunta.

"E então", eu perguntei, "Laura Yerevan teve ou não teve um filho?"

PARTE IX

1.

Não estava sendo uma noite fácil para o jovem Alexandre Leonel. O ambiente festivo e libidinoso da orgia não o contagiava. As músicas tocadas pelo conjunto Mac Rybell soavam distantes, como se processadas por uma câmera de eco. Alex não compreendia por que todo aquele fausto luxurioso era determinante para a felicidade do pai. Sentia-se desconfortável como protagonista daquela celebração. Encarava a orgia como um dever, como a prova de admissão do ginásio ou o juramento à bandeira a que os rapazes comparecem quando completam dezoito anos e se alistam no serviço militar obrigatório.

Depois de o pai ter lhe mostrado Laura deitada na cama e de ter voltado aos salões da fazenda em que a orgia se desenrolava, Alex percebeu que a festa não lhe dizia respeito e que ele precisava fugir dali. Sabia que sua atitude seria um golpe terrível para Máximo Leonel, mas não se sentia em condições de cumprir as expectativas paternas. Alex se confrontava com a imposição de um chamado selvagem, como o que se impôs a Jack London. Chamados selvagens não costumam obedecer às regras da razão.

Alex estava consciente da relevância de sua atitude, de como ela teria consequências complexas e incalculáveis. Sabia que seria tachado de covarde e fujão, mas não se importava com o que as pessoas pensariam dele; o importante é que *ele* não se considerasse um fujão. Antes de ir embora dali, Alex desejava transpor um obstáculo: provar a si mesmo que não era um covarde. Enquanto zanzava pelos ambientes da festa, ao som de música e gargalhadas, entre gritos, gemidos e os acordes difusos de uma canção, Alex começou a arquitetar os próximos passos.

Jarinu montava guarda na porta da suíte de Laura. Alex sabia que o capataz de seu pai jamais permitiria que ele (ou qualquer outra pessoa) entrasse naquele quarto antes da hora determinada por Máximo Leonel. O garoto, então, foi para o jardim e contornou a casa. Quando o pai o conduzira pelo corredor até a porta entreaberta da suíte, para que ele desse uma olhada em Laura, Alex havia observado que as janelas do quarto estavam escancaradas, o vento balançando as cortinas. Ventava forte naquela noite de setembro. Do jardim, ele viu as janelas ainda abertas. Olhou em volta, para ter certeza de que ninguém o veria, tomou impulso com os braços e saltou cuidadosamente e sem dificuldade para dentro do quarto. Antes que Laura tivesse qualquer reação, levou o dedo aos lábios pedindo que ela fizesse silêncio.

A comunicação entre os dois não foi propriamente verbal. Alex se atirou sobre Laura, movido por um desejo imperativo. Um pouco assustada a princípio, ela depois acabou se divertindo com aquele ataque inesperado do jovem protagonista da festa. A cena não estava no roteiro, e por isso mesmo lhe oferecia uma saída deliciosa para o tédio a que fora condenada, enquanto todos se divertiam ruidosamente nas dependências da fazenda de Máximo Leonel.

Alexandre não foi desvirginado nesse dia. O chamado selvagem aliado à ansiedade e ao redemoinho de dúvidas e emoções que varriam o espírito do adolescente, resultou numa clássica ejaculação precoce. Alex, com as calças arriadas, gozou nas coxas de Laura antes que seu pau encontrasse o caminho até a fenda encantada que magnetizava tantos clientes da La Licorne. Na hora em que o menino ejaculou caudalosamente com uma expressão de espanto e êxtase que não disfarçava uma sombra de desapontamento, Laura riu.

Alex se recompôs e implorou que ela não contasse a ninguém sobre o que acabara de ocorrer. Ela concordou, sorrindo, mas ele insistiu: "Jura! É sério. Jura por Deus que nunca vai contar pra ninguém que eu entrei aqui e…".

"… que gozou na minha coxa", ela completou. "Juro por Deus."

Laura ainda sorria, divertida com a situação, esperando apenas que Alex recuperasse as energias para dar prosseguimento à sua iniciação sexual, mas parou de sorrir quando viu o menino escapar pela janela com uma feição grave. Nesse momento, uma lufada de vento derrubou a taça de champanha na mesinha de cabeceira, partindo-a em pedaços. Laura se levantou e foi ao banheiro enxugar as coxas com uma toalha, sem perder a percepção aguda do odor ácido do esperma de Alexandre Leonel.

Laura não soube precisar quanto tempo se passou desde que Alex havia deixado a suíte até o momento em que a música parou e ela começou a ouvir um burburinho do lado de fora e conversas que insinuavam que o garoto tinha desaparecido da festa. Não demorou muito, Máximo Leonel entrou na suíte acompanhado de Jarinu, ambos com expressão aflita. Máximo perguntou se Laura tinha visto Alexandre e ela, cumprindo a promessa que fizera ao rapaz e já afeiçoada a ele, simpática a seu jeito infantil e desengonçado, negou que o tivesse visto.

Se o imprevisto acabou por interromper a orgia, para Laura Yerevan a noite ainda não tinha chegado ao fim. Enquanto convidados e empregados se dedicavam a procurar Alex, Laura foi surpreendida pela chegada de Winston Leonel à suíte. Ele comunicou a ela que seria o responsável por fazer as honras da família e por "passar você na vara".

Laura não concordou.

A atitude agressiva e prepotente de Winston a desagradou, acrescida do forte cheiro de bebida que o rapaz exalava. Ela sabia que Máximo Leonel reprovaria aquele comportamento do filho, e era ao fazendeiro, afinal de contas, que ela devia satisfações.

"Sai já daqui!", ela disse. "Se toca, moleque! Se teu pai te pega aqui você tá fodido."

Winston insistiu: "Tá dando uma de difícil, puta?", e fez menção de agarrá-la.

Laura pegou a taça quebrada na mesinha de cabeceira e ameaçou Winston com um caco pontudo de cristal: "Eu te furo, moleque! Some já daqui senão eu começo a gritar".

Contrariado, Winston não teve alternativa a não ser sair dali. Laura voltou a deitar sob os lençóis de seda disposta a se manter distante de contratempos e a honrar o belo cachê prometido por Máximo Leonel. Não queria fazer nada que pudesse desapontá-lo. Contanto que o fazendeiro a pagasse direitinho, que se fodessem todos aqueles caipiras pirados.

2.

Laura chegou ao Templo do Sol numa tarde de chuva.

Ela tinha se assustado com a reação violenta de Máximo ao saber da gravidez dela e com a exigência de que ela abortasse. Aquilo a magoou profundamente e precipitou uma revolução em seu espírito.

Laura decidiu ter o filho como uma resposta a Máximo e a tudo que ele simbolizava. Foi como se só então tomasse consciência de como vinha sendo cúmplice das forças que a oprimiam e agora quisesse se rebelar contra elas.

A ideia de dar um golpe em Máximo que garantisse seu futuro financeiro foi abandonada em prol de uma transformação interior. Laura agora queria ter a criança e provar a si mesma que era capaz de sobreviver ao mundo sórdido do qual fizera parte e do qual desejava desaparecer. Decidiu refugiar-se na comunidade hippie que sua mãe lhe sugerira e ali gestar seu filho em paz.

No início foi difícil se adaptar à realidade daquela gente estranha, os hippies cabeludos que fumavam maconha o dia inteiro, acendiam incensos, não comiam carne e cantavam várias vezes por dia, como se viver se resumisse a cumprir um ritual religioso. Aos poucos foi se afeiçoando a eles. Apesar de um pouco alucinadas e delirantes, eram pessoas alegres e hospitaleiras, sempre prontas a ajudá-la. Viviam sorrindo, jamais a censuravam, e essa atitude pacífica agradava Laura. Sentia-se protegida ali, a mãe era a única pessoa que sabia onde ela estava. Os hippies falavam de uma nova era e cantavam boas-vindas ao sol e à lua, como se a qualquer hora o juízo final fosse chegar sob a forma de uma alvorada eterna ao som de passarinhos chapados.

Depois de alguns meses no Templo do Sol, Laura já se portava como uma hippie, totalmente adaptada ao modo de vida da comunidade. Mas esse ânimo mudou depois de uma manhã fria de um sol brilhante, em junho de 1975, em que um hippie chamado Magnólio ajudou-a a trazer à luz o menino que Laura Yerevan abrigava em seu ventre.

Foi como se Laura despertasse de um encanto.

Ou de um pesadelo.

Ao contrário dos nomes que os hippies sugeriram para a criança — Tupã, Arco-íris, Amon, Mescal —, Laura decidiu chamar o filho de Roberto, numa dupla homenagem a dois ídolos seus: Roberto Carlos e Robert Redford.

E assim Laura deu por concluída sua passagem pelo Templo do Sol. Logo que ela e Roberto se recuperaram do parto, foram embora.

Laura nunca soube que Máximo a procurou não mais para exigir o aborto, mas para que, ao contrário, ela tivesse a criança e ele pudesse lhe dar seu sobrenome e sustento. Mas essa atitude do Barão da Soja provavelmente não teria comovido Laura. Ela estava ferida pela grosseria e pelo desrespeito que Máximo demonstrara quando ela revelou estar grávida. Mesmo que ele implorasse, ela não aceitaria um centavo dele nem permitiria que seu filho fosse batizado como um Leonel.

A maternidade a tinha transformado e feito com que ela desenvolvesse uma autoestima mais responsável, de um tipo diferente da que sempre teve, baseada apenas no poder de sua beleza.

Mas a dúvida sobre quem era o pai de Roberto persistia para ela. No início, Laura decidiu não pensar muito no assunto. Quem precisava de um pai, afinal? Ela também fora criada sem pai, e seu filho seria criado da mesma forma. Além disso, a notícia do suicídio de César Leonel deu a Laura uma boa dimensão de quanto um pai podia ser nefasto na vida de um filho.

Apesar disso Laura não conseguia calar dentro dela essa dúvida. Tinha algumas hipóteses, que queria discutir mais tarde com médicos e especialistas. Era possível que uma vasectomia falhasse? Um espermatozoide podia migrar da coxa para o útero sem perder seu poder de fertilização?

Naquela época não existiam exames de DNA.

Laura decidiu reconstruir sua vida longe do Brasil.

Pediu ajuda à mãe para cuidar do bebê enquanto ela se articulava. Pensava em juntar algum dinheiro em São Paulo e, assim que possível, partir para a Europa com o filho, ao encontro do irmão Laércio.

Para não despertar suspeitas, Laura e o bebê se alojaram temporariamente num hotel em São Vicente. Dali Laura começou a reativar seus contatos profissionais por telefone. Na primeira viagem que fez a São Paulo, encontrou a morte no caminho de volta.

"Acho que isso responde à sua pergunta, não?", disse Alexandre Leonel após alguns segundos de silêncio. Ele tinha acabado de me relatar a vida de Laura Yerevan desde a malfadada orgia até o dia em que despencou para a morte na rodovia Anchieta. Ele me olhava fixamente com uma expressão neutra no rosto.

"Sim, Laura teve um filho", disse.

"Quando ela morreu, quem estava com a criança?", perguntei.

"A avó, Liana Yerevan. Ela foi para o hotel de São Vicente ficar com Roberto. Mas não era essa a pergunta que eu esperava que você fizesse agora."

"Que pergunta você esperava?" Eu me sentia um pouco zonzo, com a boca seca e o coração disparado.

"Você sabe qual é a pergunta, Davi."

3.

Liana Yerevan olhava para o bebê.
Experimentava emoções contraditórias.
Sentia-se estranha no papel de avó.
Era ruim, mas era bom.
Roberto.
A criança era ao mesmo tempo maldição e bênção.
Àquela altura já devia estar acostumada com os paradoxos da vida. Mas não estava. Continuava assombrada com as surpresas do destino.
"Desgraçadinho", ela disse enquanto dava mamadeira para o bebê em seu colo. "Desgraçadinho..." Ela sorriu.
Era raro Liana sorrir.
"Vó", pronunciou para si mesma. "Era o que me faltava..."
A alegria de Liana não durou muito tempo. A notícia da morte de Laura chegou naquela madrugada fria, como uma tempestade de verão.

O marchand Jaques mirava o céu da janela do avião. De onde estava, a imensidão parecia mensurável. Ele vivia um momento importante. Kynthia, sua namorada grega, morrera havia pouco tempo de uma overdose de cocaína. Jaques nunca entendeu a compulsão que aquela moça inteligente e graciosa tinha pela droga. Ele conhecera Kynthia num curso de arte bizantina em Atenas, os dois se apaixonaram, e pela primeira vez Jaques tentou viver com alguém.

O que parecia fácil e até natural para a maioria das pessoas — relacionar-se romanticamente e tentar uma vida em comum — sempre esteve fora dos planos de Jaques Zimmerman. Desde jovem ele era um homem solitário, com uma indisfarçável inclinação para a misantropia. Evitava se envolver emocionalmente com as pessoas. No máximo se permitia, de vez em quando, abandonar seus hábitos discretos para se relacionar rapidamente com prostitutas. O apelo do sexo era forte, mas sempre lhe custava algumas horas de arrependimento e uma ressaca moral nos dias que se seguiam aos excessos. Mas era como as coisas funcionavam para ele.

Às vezes Jaques Zimmerman se sentia como Doctor Jekyll e Mister Hide, ao mesmo tempo médico e monstro. O marchand cavalheiro e o sátiro desvairado.

O competente fotógrafo William Chap Chap, por muito tempo seu melhor amigo, atuava como uma sombra fiel de Jekyll e Hyde. Durante o dia Chap Chap servia a Jaques tirando fotos e discutindo estética e arte na galeria, e à noite transmutava-se em Salim e, na companhia de Jacó, embrenhavam-se pelos puteiros da Pauliceia em noitadas de sexo regadas a álcool. Até o momento em que os dois se apaixonaram pela mesma mulher, a irresistível Laura da La Licorne.

Foi um descuido, Jaques agora tinha certeza. Apaixonar-se por Laura foi uma armadilha do destino da qual não conseguiu escapar.

A libido efervescente daquela garota era mais do que uma diversão ocasional; tornou-se vital para Jaques Zimmerman.

Chap Chap igualmente se apaixonara pela bela santista, os dois amigos acabaram brigando e pondo fim a uma amizade de anos. Ambos apaixonados por uma prostituta.

E Laura?

Ela nunca tinha dado muita bola para Jaques, apenas se divertia com ele. Jaques nunca conseguiu expressar para Laura o quanto estava verdadeiramente apaixonado. Hesitava, achava que não fazia sentido um homem culto e refinado como ele se declarar para uma puta.

Laura também não dava bola para Chap Chap. Já estava acostumada com as manifestações fugazes de amor de alguns clientes, nunca levou a sério os arroubos românticos deles.

Jaques cortou relações com Chap Chap e decidiu mudar de vida. Não era justo comprometer sua felicidade em nome de uma paixão por uma meretriz. Viajou à Grécia, conheceu Kynthia, convenceu-se de que estava apaixonado por ela e de que juntos iniciariam uma nova etapa. Jaques esqueceria Jacó, abandonaria a rotina tóxica das orgias em puteiros paulistanos e se satisfaria com uma vida familiar e equilibrada em companhia de uma ninfa grega oriunda dos meandros do labirinto de Creta.

Muito romântico.

Mas eis que a cocaína se incumbiu de levar para longe Kynthia e o sonho de uma nova vida.

Malditos artistas plásticos de vanguarda! Os discípulos deslumbrados de Duchamp acabaram por armar uma arapuca para o marchand.

Jaques sabia que o convívio de Kynthia com aqueles freaks que tinham Helio Oiticica como papa e Andy Warhol como divindade suprema não poderia dar certo. Uma gente maluca que vivia enchendo a cara nos bares do Bixiga e cheirava pó nas festas nas mansões do Morumbi e nas coberturas dos edifícios dos Jardins. Jaques ansiava pelas graças de Apolo, mas acabou vítima das artimanhas de Dionísio.

A bordo do Boeing da Varig que o conduzia de volta para o Brasil, depois de trasladar o corpo de Kynthia para a ilha de Creta e de acompanhar ao lado dos pais dela o sepultamento da moça no cemitério ortodoxo de Iráklio, Jaques observou a imensidão do oceano Atlântico lá embaixo e acendeu um cigarro.

4.

Os dias que se seguiram ao acidente que matou Laura Yerevan foram difíceis para Liana. Ela, que pela primeira vez se apegara a uma criança e experimentava uma ternura desconhecida ao olhar para o neto, precisou se refazer rapidamente.

Tinha sido bom demais para ser verdade, concluiu entre dois cigarros. Nos círculos abafados do inferno, cada um tem o castigo que merece.

Liana não sabia o que fazer com Roberto.

No dia em que a filha morreu, Liana enviou um telegrama para Laércio em Milão, avisando o filho da morte de Laura. Laércio, que havia pouco soubera do nascimento de Roberto e prometera logo que possível uma visita ao sobrinho, antecipou sua volta ao Brasil a tempo de acompanhar o enterro da irmã.

Nas horas em que aguardava a chegada de Laércio, todo tipo de ideia sobre o que fazer com o bebê passou pela cabeça de Liana Yerevan. Até mesmo sacrificar a criança, deixando-a despencar de alguma encosta rochosa da Rio-Santos. Ideias como essa não atentavam contra os peculiares princípios éticos de Liana

Yerevan. Mas, claro, havia sido um pensamento desesperado. Liana tinha certeza de que Laércio, o filho que ela chamava de "invertido", não permitiria que algo desse tipo fosse cogitado.

Ela também sabia que, por mais que Laércio amasse a irmã gêmea e estivesse sofrendo com sua morte, criar aquele menino estava absolutamente além das possibilidades do rapaz. Laércio não abriria mão de sua agenda atribulada de modelo na Europa — nem de sua vida agitada de festas, viagens e curtições — para criar um sobrinho como se fosse um filho. Ele não tinha condições psicológicas de sequer pretender algo assim. Não se veria, jamais, trocando as fraldas de Roberto.

Na melhor das hipóteses, ele toparia enviar algum dinheiro mensalmente, para que Liana criasse Roberto. Mas essa era uma solução que Liana considerava igualmente impossível. Ela não tinha mais energia para lidar com aquele tipo de maldição, já tinha sido vítima uma vez de crianças sorridentes e sedutoras que traziam demônios cruéis dentro de seus corpinhos macios.

Não, ela já tinha tido a sua cota.

Bastava toda a desgraça que seus gêmeos telepatas tinham lhe causado, lindos como anjos.

Não.

Provavelmente ela e Laércio chegariam à conclusão de que o melhor seria entregar a criança para um orfanato. Liana já tinha feito uma pesquisa e anotara o endereço da Casa da Vó Benedita, um abrigo para crianças órfãs que funcionava na rua Bitencourt, no centro da cidade de Santos.

5.

Ele entrou ansioso no casarão vermelho da La Licorne. Era começo de tarde, Jaques Zimmerman tinha vindo direto do aeroporto de Viracopos, em Campinas, para a boate em São Paulo. Desde que partira de Atenas, estava com aquela ideia fixa: encontrar Laura e declarar seu amor.

O maître Reginaldo e algumas garotas estranharam ver o cliente entrar na boate carregando uma mala.

"Vai pernoitar, seu Jacó?", perguntou Reginaldo, com seu hálito de menta e um sorriso burocrático.

"Meu nome é Jaques. Jaques Zimmerman. Acabo de chegar de viagem. Onde está a Laura?"

Reginaldo e as meninas se entreolharam.

"A Laura morreu", disse uma das moças. "Não tá sabendo?"

Chovia muito naquela noite de setembro de 1975 na região do aeroporto de Malpensa, na Itália. O voo da Alitalia que levaria Laércio de Milão a Viracopos foi cancelado, ele não conseguiu outro voo e, portanto, não pôde acompanhar o enterro de Laura. Ele só embarcaria para o Brasil no dia seguinte.

No táxi, frustrado, voltando para casa, Laércio sentia-se solitário, triste.

Pensava em Yanis.

Yanis foi o homem com quem Laércio experimentou o amor. Antes de conhecê-lo, o conceito de amor não existia para Laércio, achava que era um sentimento destinado apenas a casais heterossexuais, famílias cristãs, atores de fotonovela e personagens de Walt Disney. Nunca caberia a ele. Os impulsos românticos de Laércio Yerevan eram sempre deflagrados pela ideia da sacanagem, do sexo homossexual proibido, condenado e dolorosamente prazeroso, como convém aos pecados mais sublimes. Até os dezoito anos o que Laércio conhecia como amor era (talvez) o sentimento que nutria pela irmã gêmea, Laura. E mesmo esse amor fraterno, estranho e telepático às vezes também era contaminado pela perversão e pelo pecado. O amor romântico não dizia respeito a Laércio Yerevan.

Quando deu por si, o táxi já estava parado em frente à sua casa, no bairro de Brera. A chuva respingava na lataria do carro com a violência de uma descarga de tiros.

O velório de Laura transcorreu com o caixão lacrado devido ao estado lastimável de seu corpo. Fora um acidente violento. A vigília, numa das capelas do cemitério da Filosofia, foi acompanhada por pouquíssimas pessoas. Havia mais de um ano que Laura desaparecera do convívio de seus conhecidos habituais, inclusive de colegas e clientes, desde que se afastara para ter seu filho. Nem os hippies da comunidade Templo do Sol souberam de sua morte a tempo de comparecerem aos rituais fúnebres.

Laércio chegou a Santos no dia seguinte ao enterro e encontrou a mãe, de manhã, no restaurante vazio da Verdes Mares. A pensão silenciosa e desolada lembrava um mausoléu. Liana fumava com o aspecto de uma insone reincidente.

"Onde está o Roberto?", perguntou Laércio.

Liana fez um gesto com o ombro, o olhar perdido enquanto exalava fumaça pela boca e nariz.

"Onde?", insistiu Laércio.

"Eu vendi ele."

6.

Bem, naquele momento eu já tinha todas as minhas perguntas respondidas.

E, ainda que eu não tivesse pronunciado a última pergunta, eu já sabia qual era a resposta.

A primeira e a segunda pergunta da tríade que me conduziu ao fosso escuro de mim mesmo eram didáticas, quase banais:

Laura Yerevan teve um filho?
Sim.
Esse filho sou eu?
Sim.

Fui comprado por Jaques Zimmerman.

Por uma quantia que Alexandre Leonel não soube precisar, o marchand misantropo que se apaixonara por Laura Yerevan adquiriu o órfão da moça e o criou como seu filho.

Jaques conseguira o endereço da Verdes Mares com a cafetina da La Licorne e correu até Santos. Estava desesperado para saber de Laura. Chegou a tempo de ir ao enterro no cemitério da Filosofia e depois acompanhou Liana até a pensão vazia. Quando Jaques soube que Laura havia deixado um filho, se afeiçoou imediatamente à criança. Não foi difícil para Liana entender que aquele homem tinha amado muito a sua filha e perceber que seus problemas estavam resolvidos.

Deixou Roberto aos cuidados de um homem rico e educado e ainda embolsou uma boa grana.

Um negócio perfeito na concepção toda particular de Liana Yerevan.

Uma situação difícil de assimilar.
Ponha-se no meu lugar por um instante.
Com que finalidade Jaques fez aquilo?
Se apaixonara de tal modo por Laura que quis carregar uma lembrança dela pelo resto da vida?
Uma calcinha, um sutiã?
Não, prefiro levar o bebê mesmo. Sai por quanto?
Eu, o souvenir vivo das inesquecíveis fodas proporcionadas pela prostituta prodígio da Baixada Santista, a lendária Laurinha da La Licorne.
O.k., eu teria a psicanálise e antidepressivos para tentar administrar tudo isso.
Por que meu pai nunca me contou a verdade?
Por que fez questão de sustentar a vida inteira a farsa de que eu era filho de Kynthia e de que ela morrera não de uma overdose em São Paulo, mas de um acidente automobilístico na ilha de Creta?
Eu tinha algumas suspeitas.
Meu pai, Jaques Zimmerman, quis me preservar de um sofrimento, como qualquer pai. A leucemia não o matou de surpre-

sa, ele viveu muitos anos desde o diagnóstico da doença até o dia em que não resistiu a uma infecção. Portanto não estava mesmo em seus planos me revelar a verdade.

Imagino que tenha querido me preservar por amor.

Eu conseguia entender isso.

Não é o que fazem ou tentam fazer todos os pais?

A história de dizer que Kynthia era minha mãe e de ter me enganado a respeito de como ela morreu revelava igualmente uma tentativa de preservar a figura da mãe, afastando qualquer possibilidade de que eu a visse como usuária de drogas. Putas e cheiradoras de pó estavam fora do conceito que Jaques Zimmerman fazia de uma boa mãe.

Ele sabia que quando eu crescesse Chui e Thais, meus pseudo--avós gregos, já estariam mortos havia muito tempo. Sabia também que, para todos os efeitos, se eu decidisse visitar o túmulo de minha pseudo-mãe em Iráklio, a tumba sempre estaria lá para corroborar a farsa amorosa do velho Zimmerman.

Conhecendo a personalidade de Jaques, o marchand, eu podia compreender tudo isso.

E até perdoar, talvez.

Talvez.

Mas ainda não era hora de me aprofundar nas decisões de Jaques Zimmerman. Ainda me faltavam alguns detalhes a respeito do meu próprio labirinto. E, claro, a terceira e última pergunta pairava no ar, dividindo espaço com o mau cheiro que o vento trazia do rio Pinheiros.

Alex me fitava inquieto, com um brilho diabólico no olhar.

Eu sabia qual era a pergunta que ele esperava que eu fizesse.

E eu também já conhecia a resposta dela!

Talvez ele estivesse tentando interpretar o meu olhar, me perscrutando com o intuito de decifrar se eu o considerava pai ou irmão.

Era um esforço inútil: eu já sabia que não era filho nem de Máximo nem de Alexandre Leonel.

E a esta altura do meu relato, você também já deve saber.

7.

Alexandre Leonel encontrou Laércio Yerevan em Milão em junho de 1986 numa manhã de muito calor. Aquele foi um verão particularmente quente na Europa, e todos estavam assustados com as consequências do acidente nuclear de Chernobil, que ocorrera em maio na Ucrânia.

Laércio, alheio ao calor e aos perigos de uma possível radiação tóxica, estava sentado numa poltrona na sala do pequeno apartamento em que vivia. O ar-condicionado deixava o ambiente muito frio e Laércio se cobria com uma manta de veludo verde-escuro. Estava magro e abatido pelas consequências da aids, naquela época ainda uma doença mortal. Desculpou-se por não se levantar da poltrona, justificando que lhe faltavam forças até para os gestos mais simples. Uma moça brasileira, contratada por Stephano Rovere, namorado dele, servia de acompanhante e ajudava nos afazeres domésticos. Stephano permaneceu ao lado de Laércio até o fim, mas eles mantinham casas separadas.

Naquele momento Stephano estava trabalhando e apenas Laércio e a acompanhante se encontravam no apartamento. Depois de receber Alexandre, a moça foi para a cozinha, deixando os dois sozinhos na sala.

Laércio, com olhos fundos na face cavada, mirava com curiosidade o visitante.

"Alexandre Leonel...", disse. "O cabacinho", e sorriu. "Não acredito, nunca imaginei que um dia fosse te conhecer. Senta aí."

Alexandre sentou no sofá de frente para a poltrona de Laércio. Pela janela, via cúpulas de edificações do século XIX sobrepondo-se ao céu azul-profundo como um precipício.

"Sabe", disse Laércio, "eu brincava com a Laura, dizia que tu devia ser um veado enrustido. Mas agora vejo que não, conheço uma mona pelo cheiro. O plano da Laura era engravidar de ti pra dar um golpe no teu pai. Mas deu tudo errado e as certezas da Laura começaram a desmoronar. Apesar disso, posso te garantir que a Laura gostava de tu."

Eles ficaram em silêncio por um tempo.

Então Laércio teve um ataque de tosse e Alex fez menção de ajudá-lo. Mas Laércio estendeu o braço, sinalizando que ele não se preocupasse. Recuperado do acesso, Laércio disse: "Esta doença não é só uma maldição. É um pacto".

"Um pacto?", disse Alexandre.

"Um pacto de amor", disse Laércio. Ele se aproximou um pouco mais de Alex e disse em voz baixa: "Como você já deve saber, eu namoro o Stephano há muitos anos e ele é alguém que me ama e me trata muito bem. Mas o homem da minha vida foi o Yanis, o fotógrafo que me descobriu em Santos e me trouxe para a Europa. O Yanis foi o cara que me fez descobrir a vida e me estimulou a criar uma identidade. Sempre que eu começava a me esquecer do Yanis, ele surgia de repente e me levava para algum lugar. O túmulo do Jim Morrison num cemitério em Paris. A pousada em que Lord Byron viveu em Sintra. A mansão na costa francesa onde os Stones gravaram *Exile On Main Street*. As locações nos Alpes onde o

Polanski filmou A *dança dos vampiros*. Depois o Yanis sumia. Assim como aparecia, sumia. Sempre fumando Gitanes, envolvido numa espécie de neblina e tirando fotos indiscretas com um sorriso irresistível no rosto. Às vezes ficava anos sem aparecer. Na última vez ele não me levou pra nenhum lugar, só me passou esta doença."

Laércio encarou Alexandre.

"Agora eu sei pra onde o Yanis vai me levar", disse.

Alex permaneceu em silêncio, a conversa atingira uma dimensão mórbida demais.

"O Yanis está me esperando *lá*", prosseguiu Laércio.

"*Lá*", repetiu, enfatizando o monossílabo. "Ele, minha mãe e minha irmã. Mas tu chegou na hora certa, ainda tenho algum tempo. Veio tirar a dúvida antes que eu morra? Saber se tu é o pai do filho da Laura?"

Naquele instante todos os enigmas que assombravam a família Leonel foram desvendados para Alexandre.

Ele soube que Laura havia, sim, parido um filho, Roberto, que Liana vendera, depois da morte de Laura, para Jaques Zimmerman, um marchand viúvo que se apaixonara havia muito tempo por ela, ainda na época da La Licorne.

Alex soube também que a culpa por ter vendido a criança levou Liana Yerevan, na viagem que fazia com Laércio para a Europa, desaparecer misteriosamente do navio.

"Minha mãe simplesmente evaporou em pleno oceano Atlântico. Deve ter se jogado no mar, a infeliz. O pior", disse Laércio, com um sorriso, "foi que ninguém notou seu desaparecimento. Nenhum marinheiro ou vigia, nenhum radar dos sofisticados sistemas de segurança do *Eugenio C*, porra nenhuma. Minha mãe era um ser atormentado. Nem um oceano inteiro seria suficiente para aplacar a culpa e a amargura daquela mulher. Um cardume de tubarões famintos não conseguiria devorar o sofrimento da coitada da Liana."

Laércio disse a Alexandre que havia planejado um dia voltar ao Brasil para procurar o marchand e ver Roberto. Ele não sabia se o marchand revelara ou não ao menino sua verdadeira origem. Mas agora isso não importava mais; ele tinha certeza de que não conseguiria voltar.

"Tu acha que é o pai do menino?", perguntou Laércio com um ar irônico, agressivo e desiludido. "Acha?"

Alexandre respondeu que nunca tinha passado pela cabeça dele ser pai de um filho que Laura pudesse ter concebido naquela festa da orgia. Disse que às vezes pensava que Winston pudesse ter mentido e que fosse ele o pai da criança, se houvesse uma criança.

"Não", disse Laércio, "seu irmão não é o pai de Roberto." E confirmou a Alexandre que de fato Laura rejeitou Winston na noite da orgia. Contou todos os detalhes, inclusive que ela o tinha ameaçado com a taça de champanha quebrada quando Winston tentou agarrá-la à força.

"Sabe", prosseguiu Laércio, "a Laura chegou a pensar que tu talvez fosse o pai."

Alex sentiu um arrepio.

"Até o dia em que morreu ela teve essa dúvida, cabacinho."

Houve um silêncio denso como lã, do qual Alexandre nunca se esqueceu.

"Aliás", continuou Laércio Yerevan, "acho que a Laura morreu pelo susto que levou quando soube quem era o pai. Deve ter sido uma revelação chocante demais para ela, por isso minha irmã pode ter perdido o controle do carro e desabado pela ribanceira, serra abaixo. Se foi assim que aconteceu, isso só confirmaria como ela e eu éramos amaldiçoados."

"E como ela soube quem era o pai?", perguntou Alex.

"Ela recebeu uma mensagem minha."

Houve um silêncio palpável como um tijolo.

"*Detalhes tão pequenos de nós dois, são coisas muito grandes pra esquecer...*", cantarolou Laércio com um sorriso que se confundia com um esgar de dor. "Uma mensagem telepática." Seu sorriso morreu no rosto.

Laércio e Alex se olharam por um longo tempo.

"Há um detalhe que passou despercebido", disse Laércio. "Dela também. Acho que, no fundo, Laura já sabia quem era o pai. Mas foi como se tivesse bloqueado essa informação da memória. Nós tínhamos mesmo essa maldição, a capacidade de nos comunicar mentalmente. Não há como comprovar, mas tenho certeza de que quando Laura captou o que ia pela minha cabeça, ela se apavorou, perdeu o controle do carro e despencou no precipício."

8.

"Um dia depois daquela orgia na fazenda, a Laura e eu fomos a um show da Rita Lee no teatro Aquarius", prosseguiu Laércio. "Durante o show, tomamos ácido. A polícia invadiu o teatro no meio da apresentação e nós fugimos. Estávamos muito loucos, os dois. Depois do show a gente iria pra casa da família do Stephano, meu namorado, no Pacaembu, e como ainda era cedo resolvemos ir a pé. No caminho, já quase chegando na mansão, nós paramos embaixo de uma árvore e começamos a dar uns amassos. A Laura e eu costumávamos fazer isso de vez em quando. Desde adolescentes isso acontecia em momentos em que estávamos alterados, bêbados ou doidões de maconha, de ácido ou de pó. A gente se beijava, se agarrava. Tínhamos atração um pelo outro, mas não levávamos a sério. Às vezes a gente se masturbava junto, às vezes um masturbava o outro. Fazíamos boquete um no outro, meia nove. Punheta, siririca. Sabe como é? Às vezes rolava uma penetração incompleta, que sempre acabava com a gente rindo muito. A Laura me empurrava, 'Tá louco?', ela dizia, 'vai me comer, bicha-louca?' E a gente ria, ria... Era uma brincadeira nossa, um segredo, como a telepatia. Mas naquela noite, naquela quebrada do Pacaembu, estávamos muito doidões de ácido e ficamos com tesão. Ela abriu o zíper da minha calça e começou a me tocar uma bronha. Ela sabia fazer esse tipo de coisa muito bem, a minha irmãzinha. Eu levantei a saia dela enquanto a gente se beijava, afastei a calcinha, a Laura estava muito molhada, e aí meti o pau na boceta dela. Foi rápido, a gente gemia e quando ela disse 'Tira o pau daí, veado escroto!', eu já tinha gozado um pouco. Foi um gozo rápido e incompleto, mas gozei dentro dela. Foi uma ejaculação, já que não me rendeu maiores emoções. A Laura nem percebeu que eu tinha gozado dentro e eu não falei nada. Estávamos muito loucos. Quando ela me disse que estava grávida e que desconfiava que o fazendeiro ou o filho dele fosse o pai, já que não tinha estado com ninguém além deles no período, eu não liguei muito pra história. Foi só quando a Laura me disse que o fazendeiro era vasectomizado e que o filho — tu mesmo, cabacinho — tinha gozado na perna dela, é que eu comecei a me tocar. Lembrei vagamente da nossa transa doidona daquela noite no Pacaembu, lembrei que eu tinha gozado um pouco dentro dela, mas de novo não falei nada pra Laura. Até que, não sei por quê, na noite do acidente dela eu me concentrei numa frase: *Princepessa, se toca. O Robertinho é meu filho, honey. Lembra daquela noite depois do show da Rita Lee, naquela rua escura no Pacaembu?*

O dia já tinha nascido em Higienópolis e a claridade do sol entrava pela janela acompanhada dos primeiros ruídos da manhã: ronco de carros, vozes, buzinas, pios roucos de passarinhos.

Alexandre Leonel havia desaparecido sem que eu tivesse percebido, como era de seu feitio.

Há um detalhe que passou despercebido.

Ali estava eu, o filho incestuoso dos gêmeos telepatas Laura e Laércio Yerevan, a expressão viva da maldição deles, o fruto do detalhe despercebido contemplando a saída do labirinto como quem se depara com o abismo.

PARTE X

1.

Cogitei terminar este romance com o último parágrafo do capítulo 8 que você acabou de ler: eu diante de um abismo figurado ao me descobrir o filho incestuoso de Laura e Laércio Yerevan. Mas o final me pareceu demasiadamente trágico, podendo deixar uma falsa impressão sobre o meu destino depois dessa descoberta sinistra.

Claro, por alguns dias (semanas, meses?) me senti bastante desconfortável (inconformado, desesperado?). A bem da verdade, mal me lembro do que fiz ou do que andei pensando naqueles dias.

Se você gosta de finais melancólicos, pare de ler agora. Caso contrário, siga em frente e leia o expressivo diálogo que revela como encaminhei minha vida após tudo que narrei aqui.

Algum tempo depois desses acontecimentos, tomei coragem e liguei para a Ayana em Nova York.

Sim, finalmente.

"Davi?!"

"Não."

"Eu sei que é você, Davi. Conheço teu telefone."

"Um número não tem identidade."

"Conheço a tua voz. E só você fala coisas como 'um número não tem identidade'…"

"Sou eu, mas não me chamo mais Davi."

"O que prova que um nome também não tem identidade", ela disse.

"Nem uma voz."

"Como você se chama agora?"

"Roberto. Ou Laércio Júnior. Mas são *working names*, temporários. Às vezes uso César Renato, Robert ou simplesmente Bobby. Ainda não decidi. Acho todos estranhos demais pra eu escolher um definitivo. Não me vejo representado por nenhum desses nomes."

"Eu também não", ela disse. "Você é hilário. Estou feliz que você ligou."

Ficamos alguns segundos sem dizer nada e por um momento pensei que a ligação tivesse caído.

"Sabe do que eu lembro sempre?", ela disse. "Daquela vez que você contou que depois de ir ao banheiro olhou dentro da privada e em vez de cocô viu cavalos-marinhos."

"Por que você lembrou disso agora?"

"Acho poético."

"O que você acha de Winston?", perguntei.

"Quem?"

"De eu me chamar Winston."

"Horrível."

"É o segundo nome do John Lennon."

"Continuo achando horrível."

"É ruim mesmo."

"Quer ajuda pra encontrar um nome novo?"
"Vou precisar de um pra assinar meu novo romance."
"Que máximo, Davi, um romance! Qual é o título?"
"*O detalhe despercebido*. Ainda é um *working title*."
"Cavalos-marinhos", ela disse.
"Por que você insiste nessa história dos cavalos-marinhos?"
Ouvi a risada de Ayana como resposta.
"Quer me ajudar a escolher um nome também pro romance?", perguntei.
"Vou amar! Mas pra isso você precisa vir aqui. Quero ver tua cara, sentir teu cheiro, ler teu livro com calma, conversar, passear, te fotografar, jantar junto, ir ao cinema, *trepar*…"
O verbo pairou por alguns segundos no silêncio da conexão internacional: trepar…
"Nome é coisa séria", prosseguiu Ayana, sem conseguir diluir o encanto do verbo suspenso.
"Também estou pensando em *O detetive de olhos furados*", eu disse. "Estou em dúvida. Parece nome de faroeste italiano dos anos sessenta."
"Faroeste italiano dos anos sessenta… Só você pra lembrar dessas coisas, Davi. Nesse caso, *O xerife de olhos furados* seria mais adequado, não acha?"
"Xerifes não têm a intensidade trágica dos detetives."
"Se eu não soubesse que seus pais já morreram, eu ia te perguntar se você andou transando com a tua mãe ou se matou o teu pai."
"Esses são apenas os pecados mais conhecidos, as perguntas óbvias, Ayana. Sei que você é capaz de ir mais adiante."
"Agora eu fiquei curiosa. Vem pra cá."
"Preciso mesmo ir aí fazer uns exames sofisticados, umas coisas que eles estão desenvolvendo por aí: rastreamento genético de descendentes de uniões incestuosas, algo que mistura precisão científica com tabu ancestral."

"A tua cara isso."

"Não é? Paradoxos bizarros viraram uma prioridade pra mim. Quero descobrir passatempos inusitados, decifrar charadas ao pé de arranha-céus e emular o olhar desesperado de um detetive diante de um crepúsculo extraordinário."

"Um renascimento."

"Exatamente. Renascimento — a palavra é essa. Desvendar o…" Senti meu coração se expandindo como se fosse explodir.

"Desvendar o quê, Davi? Não tem nada pra desvendar", disse Ayana. "Vem logo!"

Nota do autor

Talvez alguns leitores tenham ficado curiosos para saber o que aconteceu na noite em que o narrador desta história (àquela altura ainda chamado Davi Zimmerman) foi jantar na casa de Mary Marcolla, sua vizinha e também síndica do edifício Albert Sabin. É algo que apenas podemos supor, já que Davi não nos contou o que de fato aconteceu naquela madrugada que antecedeu seu encontro com Alexandre Leonel e as terríveis revelações que ele lhe fez. Imagino que não tenha acontecido muita coisa. Davi estava grato por Mary ter encontrado a marina de Pancetti largada numa cristaleira em sua sala, porque rever aquela pintura de Jacques Zimmerman despertou no íntimo de Davi a compreensão da inefabilidade da vida. Foi o que o levou a oferecer a tela de presente para Mary Marcolla, a digital influencer. Suponho eu. Essa epifania com certeza o ajudou a, mais tarde, superar os problemas gerados pelas revelações de Alexandre Leonel, além de ter contribuído para que tomasse coragem de telefonar para Ayana, por quem sempre foi apaixonado.

É certo que naquela noite Davi estava atraído sexualmente

por Mary, e o fato de Mirna, a companheira dela, não ter voltado a tempo de jantar com eles talvez tenha proporcionado algumas fantasias na mente do escritor enquanto Mary preparava a comida e servia o vinho. Mas acredito que não tenha rolado nada de concreto. Imagino que Davi e Mary beberam bastante, conversaram, e que depois Davi voltou para casa e caiu no sono.

ESTA OBRA FOI COMPOSTA PELA SPRESS EM ELECTRA E IMPRESSA EM OFSETE PELA GRÁFICA PAYM SOBRE PAPEL PÓLEN NATURAL DA SUZANO S.A. PARA A EDITORA SCHWARCZ EM JUNHO DE 2024.

A marca FSC® é a garantia de que a madeira utilizada na fabricação do papel deste livro provém de florestas que foram gerenciadas de maneira ambientalmente correta, socialmente justa e economicamente viável, além de outras fontes de origem controlada.